UM RIO QUE VEM DA GRÉCIA

Crônicas do mundo antigo

Livros do autor publicados pela **L**&**PM** EDITORES:

Guia prático do português correto – vol.1 – Ortografia (**L**&**PM** POCKET)

Guia prático do português correto – vol.2 – Morfologia (**L**&**PM** POCKET)

Guia prático do português correto – vol.3 – Sintaxe (**L**&**PM** POCKET)

O prazer das palavras – vol.1 (**L**&**PM** POCKET)

O prazer das palavras – vol.2 (**L**&**PM** POCKET)

Troia – o romance de uma guerra

Um rio que vem da Grécia – Crônicas do mundo antigo (**L**&**PM** POCKET)

100 lições para viver melhor – Histórias da Grécia Antiga

Cláudio Moreno

UM RIO QUE VEM DA GRÉCIA

Crônicas do mundo antigo

www.lpm.com.br

L&PM POCKET

Coleção **L&PM** POCKET, vol. 866

Texto de acordo com a nova ortografia.

Estas crônicas foram publicadas no Segundo Caderno do jornal *Zero Hora,* de fevereiro de 2002 a agosto de 2004.

Este livro foi publicado pela L&PM Editores em formato 14 x 21 cm em 2004
Primeira edição na Coleção **L&PM** POCKET: abril de 2010
Esta reimpressão: junho de 2023

Capa: Marco Cena
Revisão: Jó Saldanha, Renato Deitos e Lolita Beretta

CIP-Brasil. Catalogação na fonte
Sindicato Nacional dos Editores de livros, RJ

M846r

Moreno, Cláudio
Um rio que vem da Grécia : crônicas do mundo antigo / Cláudio Moreno. – Porto Alegre, RS: L&PM, 2023.
160p. – (Coleção L&PM POCKET; v. 866)

ISBN 978-85-254-2004-6

1. Crônica brasileira. I. Título. II. Série.

10-0725. CDD: 869.98
CDU: 821.134.3(81)-8

Rua Comendador Coruja 314, loja 9 – Floresta – 90.220-180
Porto Alegre – RS – Brasil / Fone: 51.3225.5777

Pedidos & Depto. Comercial: vendas@lpm.com.br
Fale conosco: info@lpm.com.br
www.lpm.com.br

Impresso no Brasil
Inverno de 2023

Para Valter Portella,
com gratidão e amizade.

Apresentação

Lya Luft

Se eu devesse classificar este livro de Cláudio Moreno, diria enfaticamente: *É um livro delicioso!* Seduz na primeira página, abre janelas novas sobre realidades que a gente vinha banalizando e, por isso mesmo, transforma a nossa visão. É uma leitura que melhora nossa perspectiva, nos deixa mais alegres, mais alimentados intelectualmente e emocionalmente confortados. Nesta hora de violência e medo, imprevisto e susto, insegurança e perplexidade, o rio que nos chega da longínqua Grécia não é alienante mas integrador. Ele nos coloca num mundo que não passou nem vai acabar, porque tem algo de universal e mais que isso: atemporal.

É o mundo dos significados que se erguem acima do raso e do reles, vão além do frívolo e do banalizado, sem por isso ficarem fora do nosso alcance de simples mortais. Com sua prática de professor, sua sabedoria de erudito e sua simplicidade de ser humano que está acima das vaidades acadêmicas ou competições literárias, Moreno nos leva a passear por uma alameda de significados que já eram nossos, nos pertenciam, faziam parte de nossa vida como as pedras da calçada ou as árvores da praça – mas a gente nem sabia.

Nossa cultura, ou a maior parte dela – cultura significando não apenas o que está em livro, universidade ou banco de escola, mas no ar que respiramos, na língua que falamos, no modo como vivemos –, vem da velha Grécia, como o rio mencionado no título desta obra. Concretamente estamos embarcados nele, navegamos nessas águas. Moreno nos aponta, aqui e ali, pedras, peixes, plantas, indica o rumo dos ventos e o aroma da brisa. São histórias que dão sentido a termos, personagens, que encontramos em comentários diversos, em literatura, em filme, tevê, até em conversa de amigos, mas ficamos no ar sem saber ao certo o que representam. De repente, nas páginas deste livro, estão ao nosso alcance: divertidos ou trágicos, sempre tão humanos quanto nós, de carne e osso. Lugares que pareciam mágicos são reais. Acontecimentos que imaginávamos fantasiosos ocorreram, com vozes, cheiros, ruídos, sangue e pranto. Gente que andou, viveu, amou, morreu – como nós. E nos deixou seu legado de riqueza psíquica e emocional nestas breves histórias, crônicas ou seja lá o nome que a gente queira lhes dar: comoventes, ilustrativas, brilhantes, ternas, abrindo portas e janelas; de um lado, atiçando nossa inquietação; de outro, satisfazendo nossa curiosidade.

Cada página é um presente desse mestre, desse amigo, desse modestíssimo e simpático sábio que é Cláudio Moreno, a quem louvo mais uma vez.

Sumário

Um rio que vem da Grécia

São vários os mitos gregos que falam de rios subterrâneos, que desaparecem em rasgos abertos na terra e correm por leitos secretos onde o sol não brilha nunca. Ovídio nos fala de Alfeu, o rio da Arcádia, que se apaixonou por Aretusa, uma bela ninfa da floresta que tinha dedicado sua vida a Artêmis, a deusa virgem da caça. Num quente dia de verão, perseguindo um cervo veloz, ela se viu, exausta pelo calor, às margens de um rio sereno, num remanso aprazível, cujas águas muito claras formavam um líquido espelho à sombra de árvores frondosas. Sem hesitar, despiu a túnica curta de caçadora, depôs o arco e as flechas, desamarrou as sandálias e mergulhou na água fresca, que ali lhe chegava ao ombro. Foi quando, para seu assombro, sentiu uma presença invisível no rio, a seu lado, como se algo vivo estivesse rondando seu corpo. Assustada, afastou-se dali em rápidas braçadas, e já pisava na areia branca da margem quando ouviu uma voz que saía da água: "Por que te afastas, minha bela? Não tenhas medo de mim!" – era Alfeu, o deus daquele rio, encantado com a beleza selvagem da inesperada visitante.

Ainda mais assustada, Aretusa se lançou pela floresta com a rapidez de uma corça, com o rio em seu encalço. Por mais veloz que ela fosse, porém, era uma simples mortal e não podia competir com o ímpeto de um deus. Exausta, percebendo que ia ser alcançada, ela então evocou o nome sagrado de Artêmis, a sua deusa protetora, que resolveu ajudá-la, transformando-a numa fonte cristalina. Para facilitar sua fuga, a deusa rasgou no chão uma estreita passagem para as profundezas, por onde se lançou Aretusa, seguindo um túnel sombrio que se estendia da Grécia, passava por baixo do mar e ia brotar na Sicília, perto da famosa cidade de Siracusa, onde a fonte borbulha até hoje. Mas isso não fez Alfeu desistir; ao vê-la assim, transformada em líquido, lembrou-se de que era um rio e atirou-se atrás dela pelo mesmo caminho subterrâneo, indo misturar suas águas com as águas dela lá na distante Sicília. Por isso, até hoje – é o que dizem! –, do fundo desta linda fonte surgem, de quando em quando, flores típicas da Grécia, que viajam toda esta distância trazidas pelo rio apaixonado.

Como posso duvidar dessas histórias, se conheço um rio grego que fez um trajeto muito maior? Pois não nos banhamos todos, ainda hoje, neste rio interminável que nos chega lá da Grécia, que atravessou tantos séculos, que varou o imenso oceano, trazendo as belas flores de Homero, de Sófocles, dos poetas, de toda a mitologia? É na água generosa deste rio, sempre límpida, que procuro a resposta para as antigas perguntas; é nela que tento encontrar o espelho que preciso para enxergar minha humana condição.

Nossa modesta bagagem

Todos os que sofrem por amor deveriam conhecer a história de Seleno, um jovem e belo pastor da Acaia que se apaixonou perdidamente por Argira, a ninfa de uma das fontes da região. Ela também o amava, e saía das águas para deitar-se a seu lado, na relva fresca da noite; com o tempo, contudo, a beleza dele começou a fenecer, e a ninfa deixou de visitá-lo. Ao se ver abandonado, o pobre pastor morreu de puro desgosto, mas Afrodite apiedou-se de seu sofrimento e transformou-o num rio que corria para o mar, onde suas águas iam se juntar às da fonte de sua amada. Seleno continuava, no entanto, de tal maneira amargurado que a deusa, para que ele não sofresse mais, apagou de sua memória tudo aquilo que ele tinha vivido ao lado de Argira. Pausânias, em sua *Descrição da Grécia*, indica a localização precisa desse rio, em que os desiludidos de amor iam se banhar para esquecer as dores de seu coração.

No canto IV da *Odisseia*, Homero também fala sobre o esquecimento. Faz anos que a Guerra de Troia terminou, e Ulisses ainda não voltou para casa; então Telêmaco, seu filho, vai até Esparta em busca de notícias. Menelau e Helena, agora reconciliados, recebem o jovem com o mesmo respeito e afeição que tinham por seu pai, mas não podem ajudá-lo, porque também faz muito tempo que não veem Ulisses. As recordações da guerra vão deixando os três muito emocionados, até que a tristeza os domina: chora Telêmaco, pensando no pai, chora a bela Helena e chora também Menelau, pensando nos que tinham morrido nas praias de Troia. Então, para salvar o jantar, Helena verte no vinho que estavam bebendo um pouco de nepentes, uma misteriosa poção que acalma a dor e a angústia. Quem a bebe, diz Homero, apaga todos os males com o bálsamo do esquecimento e fica, pelo espaço de um dia, livre de lágrimas e sofrimentos, mesmo que uma pessoa muito amada venha a morrer diante de seus próprios olhos.

Para aqueles que se acostumaram a resolver seus problemas afetivos com uma ida à farmácia, essas duas substâncias – a água do triste Seleno e a infusão que Helena trouxe do Egito – parecem muito atuais. No entanto, se você, meu caro desiludido de amor, consultasse o próprio Esculápio, o médico divino, estou certo de que ele lhe receitaria, no máximo, um pouquinho de nepentes – um alívio passageiro, uma breve anestesia para atenuar o sofrimento e a tristeza da perda; depois, meu pobre amigo, toque a enfrentar essa dor e a conviver com ela, até parar de doer. Não apague as suas memórias – nem as boas, nem as más. Neste mundo, somos fugazes viajantes, e nossas alegrias e tristezas constituem, juntas, a nossa modesta bagagem.

Sem fantasia não dá

Tenho verdadeira paixão pela mitologia clássica. Na verdade, a simples menção, numa história, do nome de Hércules ou de Ulisses já basta para me deixar numa expectativa feliz, pois em toda a minha vida eles jamais me decepcionaram. Minha adesão a esse mundo fantástico é imediata e incondicional, sem que minha razão se rebele ao ouvir falar do olho gigantesco do ciclope ou do solitário homem-touro que vive nos subterrâneos de Creta. Chego a admitir que o fato de Atena ter nascido da cabeça do próprio pai, com lança, armadura e capacete de penacho, sempre me pareceu muito razoável, dada a especial circunstância de que o parto se deu no alto do monte Olimpo, cujo ar é tão parado que as cinzas de uma fogueira ficam intactas por anos.

Contudo, nem sempre foi assim. Paláifatos, um grego de antes de Cristo, tentava explicar de maneira racional todas essas estranhas criaturas que povoam a imaginação do Ocidente. Guardião do bom-senso e paladino do óbvio, ele se opunha a essas lendas delirantes, com seus monstros inviáveis. Contam das Amazonas, as lendárias mulheres guerreiras? Que nada, retruca o grego; era uma tribo de travestis, homens de barba raspada, de vestido comprido e fitas no cabelo. Contam que a rainha Pasífae, para fazer sexo com um touro (aliás, coito maldito, do qual nasceu o Minotauro), teve de se ocultar dentro de uma vaca de madeira? Pois é absurdo, porque uma mulher não aguenta o peso de semelhante animal; absurdo, porque os touros sempre farejam cuidadosamente o lugar por onde pretendem entrar a seguir; e absurdo, porque uma mulher não pode parir um bebê dotado de chifres. Contam da Quimera, o monstro que Belerofonte matou, que tinha três cabeças, de animais diferentes – serpente, leão e bode? Ah, é? E como pode viver um bicho com tal feitio, se cada um desses animais ingere alimentos diferentes? E qual das cabeças mandava nas outras? E por aí ele ia, fulminando cada mito com sua lógica de chumbo. O Ocidente, ao esquecê-lo, deu-lhe o fim que merecia.

Coleridge falava da literatura quando disse, em 1817, que só aproveita uma história aquele que está disposto a suspender a incredulidade e a se deixar levar pela fantasia. A meu ver, falava também da vida, esta história tão curta de que somos autor, personagem e leitor.

Um Paláifatos qualquer não consegue desfrutar o que ela tem de melhor – a beleza, a arte, a amizade, o amor – porque não tem nem um pouco do que sobra nas crianças quando vão ao teatrinho: aquela capacidade de ver muito além das marionetes, de abstrair os seus fios e vibrar de encantamento com as peripécias do enredo.

ESCRITO NO ROSTO

Depois que inventaram o pergaminho, a vida das ovelhas e dos cabritos nunca mais foi a mesma. Os artífices de Pérgamo, cidade grega da Ásia Menor, descobriram que a pele desses animais constituía um material muito superior ao papiro; raspavam pacientemente o couro com uma lâmina especial, alisavam com pedra-pomes e depois branqueavam com gesso ou cal, obtendo uma magnífica superfície para escrever ou desenhar. Como era um material raro e escasso, era comum reutilizá-lo: para apagar o texto primitivo, bastava lavá-lo com uma solução alcalina, para remover a tinta, e poli-lo mais uma vez com pedra-pomes; por isso, esses pergaminhos reciclados foram chamados de "palimpsestos" (de *palin*, "de novo", e *psestos*, "raspado").

Muitos textos importantes foram trocados por outros que nem mereciam sobreviver. Felizmente para a memória da humanidade, a química rudimentar dos antigos não conseguia remover totalmente os pigmentos da tinta, permitindo que, hoje, aparelhos modernos de radiografia e de infravermelho "leiam" o texto primitivo que ficou escondido debaixo do novo texto. Por exemplo, sob as inocentes páginas de um livro de rezas foram descobertos vários escritos inéditos de Arquimedes sobre Matemática; grande parte da obra *De Re Publica*, de autoria de Cícero, que era considerada perdida, foi achada sob uma cópia malfeita de um trecho de Santo Agostinho. O palimpsesto é uma espécie de sítio arqueológico na forma de livro, em que vários estratos do passado se superpõem, à espera de que alguém os traga à luz do dia; por isso, De Quincey, e depois Freud, escolheram-no como uma metáfora adequada para a nossa memória e para o nosso inconsciente.

Este esquisito século em que vivemos, no entanto, parece que não concorda, e luta para petrificar nosso rosto, imobilizá-lo no tempo, eternizar sua juventude, logo a única parte visível de nosso palimpsesto, logo este pedaço de pele que trazemos sempre à mostra para que os outros possam ler! Este é o pergaminho da nossa experiência, em que aparece este texto que escrevemos e reescrevemos infinitamente. É ali que a alma se mostra e se disfarça, é ali que, mesmo não querendo, terminamos publicando nossas emoções mais secretas. Não importa que a química do tempo, na sua lenta sabedoria, vá suavizando os contornos e esmaecendo as cores, porque, letra após letra, traço após traço, todos os sinais estarão ali, invencíveis, superpondo-se uns aos outros para compor este rosto que sempre nos olha no espelho.

A ESCOLHA DE ULISSES

A imagem romântica de uma linda mulher com cauda de peixe nada tem a ver com as verdadeiras sereias, monstros fascinantes que Homero descreve na *Odisseia.* Entre a Sicília e a Itália, numa ilhota verdejante, vivem essas grandes aves com cabeça de mulher, que usam seu canto para atrair os mortais para a destruição. Elas seduzem com a voz e com suas profecias fascinantes; quem as ouve, enfeitiçado, perde o rumo do sol e das estrelas, deixa de remar, recolhe as velas, abandona o leme, e o navio vai despedaçar-se nos afiados rochedos que cercam a ilha. O prado florido em que as sereias vivem está juncado de ossos brancos dos marinheiros que devoraram, e pedaços putrefatos de sua carne se decompõem ao sol, enchendo o ar com seu cheiro pestilento.

Só o navio dos Argonautas tinha passado incólume por este perigo, graças a Orfeu, o lendário poeta , que acompanhava a famosa expedição em busca do Velocino de Ouro. Ao ouvir as sereias, ele levantou sua famosa lira e abafou suas vozes fatais com uma harmoniosa melodia, cujo compasso guiou a remada dos marinheiros para longe da ilha maldita. Agora, muitos séculos depois, a caminho de casa, o curioso Ulisses quer saber o que elas cantam; com pedaços de cera de abelha, sela os ouvidos de todos os seus homens. São claras as suas instruções: que o amarrem no mastro principal, pelos pés e pelas mãos, e que ninguém, sob hipótese alguma, ouse tirá-lo dali enquanto a ilha ainda estiver visível. Súbito, sob o sol do meio-dia, o vento para e o mar fica imóvel; o navio se aproxima da ilha, o canto começa. Quando Ulisses se retorce, preso por sólidos nós, e tenta, com a expressão de seu rosto, comandar seus homens para que o soltem, Euríloco e um companheiro largam os remos e vêm apertar ainda mais suas cordas. Aos poucos, a ilha vai desaparecendo na distância; Ulisses para de se debater, seu rosto fica sereno, seu corpo se descontrai. Seus homens então podem soltá-lo, no tombadilho, exausto mas triunfante: ele sabe, ele ouviu.

Ora, se a vida humana é, como diz a *Odisseia*, um longo caminho a percorrer na superfície de um mar onde os perigos espreitam, as sereias podem ser entendidas como um apelo terrivelmente sedutor do inconsciente. Muitos se deixam dominar, e são por isso destruídos. Outros sobrevivem, mas surdos e insensíveis, escravizados aos remos. Orfeu opta por enfrentar a música da morte com a sua música da vida, mas isso é para poucos, pois é privilégio dos artistas. Alguns, no entanto, como Ulisses, estão fortemente atados à dura madeira da realidade e podem abrir os ouvidos para a beleza e o mistério desse canto; esses, agora mais sábios, farão a melhor viagem.

O DITO E O OUVIDO

Heródoto tornou imortal um mal-entendido que jamais deveríamos esquecer. Quando o imenso exército de Dario invadiu o país dos citas, estes temíveis guerreiros preferiram não lutar, atraindo os persas cada vez mais para dentro de seu território, onde contavam esmagá-los quando a comida ficasse escassa. Chegada a hora, os insolentes citas mandaram um arauto entregar presentes simbólicos a Dario: uma ave, um rato, uma rã e cinco flechas. Embora perguntassem ao portador o que essa mensagem queria dizer, ele alegou que, se os persas fossem sábios, encontrariam o significado por si mesmos.

Dario ficou otimista; na sua opinião, os citas estavam anunciando que pretendiam render-se: o rato habita a terra e a rã passa sua vida na água, e o envio de terra e água eram sinais tradicionais de submissão. As flechas significavam a rendição de todas as suas forças, enquanto a ave sinalizava que tudo seria muito rápido. No entanto, Gobrias, um experiente conselheiro, disse que a mensagem era bem outra: "A não ser, persas, que vocês possam transformar-se em aves e voar, ou tornar-se ratos e enfiar-se chão adentro, ou então rãs, e refugiar-se nos charcos, saibam que nunca mais poderão escapar desta terra, mas morrerão atravessados por nossas flechas". Os fatos terminaram confirmando que a interpretação correta era a de Gobrias.

Pois aquele espaço indefinido entre o que os citas disseram e o que os persas entenderam representa uma das maiores aflições da condição humana. A ela estamos condenados, e ingênuo eu seria se não soubesse que meus atos, meus gestos, minhas palavras e até mesmo meus silêncios raramente vão ser interpretados como imaginei. Minhas crenças e expectativas, como uma lente defeituosa, distorcem tudo o que me chega de fora, e eu termino enxergando só o que eu esperava enxergar. Além disso, como notava Vieira, o que sai da boca alheia entra em mim pelo caracol do ouvido; não é de espantar, portanto, que chegue todo retorcido aos meandros do meu cérebro. Tudo é interpretação, para mim, para vocês ou para Dario, o Grande. Assim como os presentes dos citas, também um buquê de flores, ou um sorriso enigmático, ou três dias sem telefonar vão significar algo diferente para os dois lados envolvidos. O que posso fazer, ao menos, é tentar saber se minha mensagem foi entendida; os citas, ao que parece, queriam briga mesmo e não estavam nem aí...

Enfrentando os riscos

Sinistra é a história de Pigmalião, o bom rei do povo de Chipre: desiludido com as mulheres a seu redor, afastou-se completamente delas e se entregou a um celibato que deixava seus súditos apreensivos. No entanto, como era hábil escultor, pôs-se um dia a esculpir uma figura feminina, em tamanho natural, que reunisse todas as qualidades que ele tinha desistido de procurar. Dedicou-se a este trabalho com tamanha obsessão que em pouco tempo, talentoso como era, tinha criado uma estátua de marfim, com aparência tão real que parecia estar viva – e mais bela do que nenhuma mulher jamais seria. Encantado com sua criação, resolveu dar-lhe um nome; chamou-a de Galateia, porque sua pele tinha a brancura do leite, e passou a falar com ela como se fosse sua noiva. Vestiu-a com leves tecidos, pôs-lhe anel no dedo, cobriu seu pescoço e seus braços com as ricas joias da coroa, e mesmo enquanto a retocava, para deixá-la perfeita, murmurava palavras doces e a tratava com carinho. Um dia, tirou-a do pedestal e a deitou sobre o leito, amparando sua cabeça com uma almofada macia, e ali, inutilmente, abraçava-a com ternura e beijava seus lábios frios, tentando infundir-lhe a vida. Com o tempo, o desespero tomou conta de Pigmalião, até que, numa festa dedicada a Afrodite, ele implorou à deusa a graça de encontrar alguém assim como Galateia... Nesta noite, ao voltar ao palácio, quando vai tocar na estátua, percebe que ela respira, e pode sentir-lhe o pulso bater sob a pele viva; beija-a e – é Ovídio quem conta – sua boca agora encontra outra boca, e ela, que agora é mulher, sentindo cada beijo, cora e ergue os olhos tímidos, abertos pela primeira vez, e vê, ao mesmo tempo, ele e o mundo (o que vem a ser o mesmo, para a coitadinha). Então ele a pede em casamento, ela se torna sua rainha e lhe dá um herdeiro real – como nas histórias felizes.

Esta, porém, é uma fábula muito escura, tantas vezes repetida entre homens e mulheres, com um final sempre infeliz. Pobre Pigmalião! Se você recusa uma mulher de verdade, é porque não quer sofrer o risco que isso traz. Construindo uma estátua, pensa que vai evitar as inevitáveis decepções, a mordida do ciúme, o medo da perda e do abandono – sentimentos que, quer queira, quer não, vão espreitar você nas curvas deste caminho, porque fazem parte da vida. Pobre Galateia, que entra nesta história tão sem passado e sem desejos! Rica, perfeita e bonita, você não percebe que este homem que a chama de rainha nem sabe quem você é, mas está apaixonado por uma imagem difusa que ele traz dentro do cérebro, e que, assim como a criou, vai terminar esmagando-a se você não seguir à risca o roteiro que ele escreveu muito antes de conhecê-la.

Conselhos ao jovem Apolo

Um dia o belo e poderoso Apolo teve o azar de encontrar Cupido, o deusinho do amor, fazendo força para encordoar o seu pequeno e temível arco. Zombeteiro, aconselhou-o a não brincar com armas de homem, mas Cupido não se intimidou: "Todos temem as tuas flechas, Apolo, mas os deuses e os homens temem as minhas ainda mais – e já vais saber por quê". E juntando o feito ao dito, seu arco desferiu duas flechas diferentes – uma com a ponta de ouro, que traz o amor e a paixão, e a outra com a ponta de chumbo, que provoca desgosto e repulsa. A de ouro foi embeber-se no coração de Apolo, enquanto a outra foi ferir o peito de uma linda ninfa, Dafne, a filha do rio Peneus.

Subitamente apaixonado, Apolo lançou-se no encalço de Dafne, que fugia desse novo admirador com todas as forças que tinha. Ovídio descreve incomparavelmente essa corrida simbólica – ele nas asas do amor, ela nas asas do medo. Quanto mais ela corria, mais ele se encantava com seu corpo, seus cabelos, seus olhos brilhantes de determinação. Temendo que ela se machucasse, tentou então acalmá-la: "Eu não sou um rústico das montanhas, não sou um simples pastor. Pergunta a quem quiseres: sou o filho de Zeus, sou o senhor dos oráculos, eu sei o futuro dos homens. Sou o deus do Canto e da Lira, sou o deus da Medicina, eu conheço o segredo de todas as plantas que curam". A ninfa, no entanto, em vez de parar, desesperou-se ao vê-lo aproximar-se cada vez mais e implorou a seu divino pai que escondesse aquela beleza que era sua perdição. E mal o disse, aconteceu: seus cabelos se transformaram em folhas, seus braços se estenderam em ramos verdejantes e seu corpo se cobriu de uma casca rugosa de árvore. A bela Dafne tinha deixado de existir, e Apolo, desolado, só pôde abraçar o tronco de um loureiro, que desde aquele dia passou a ser a sua árvore sagrada.

Pobre Apolo! Não é assim que se chega ao coração de uma Dafne. Primeiro, pare de falar em si mesmo; se conseguir deixá-la curiosa, ela vai descobrir quem você é. O pavão vive exibindo a cauda só porque não tem linguagem e não pode falar com a pavoa. Mude o assunto: fale nela, em tudo que ela lhe inspira, nos sonhos que você tem (e que a incluem), e talvez, só aí, ela comece a escutá-lo. Outra coisa: por que você corre, se Dafne é como a sombra e sempre vai estar à sua frente? Pare, e pode ser que ela pare; recue, e ela talvez o persiga. Finalmente, mais respeito com Cupido, que ele é menino cruel; se você não o leva a sério, ao menos deixe-o em paz. Pode ser que ele o poupe.

ILUSÃO E REALIDADE

Trasilau, filho do general ateniense Pitodoro, entrou para a História como um daqueles loucos mansos que só nos despertam simpatia. Montaigne nos conta que um dia ele se pôs a acreditar que era o proprietário de todos os navios que atracavam no porto de Pireu ou que dele zarpavam; na sua cândida fantasia, era ele quem determinava as rotas e os portos de destino, anotando rigorosamente todas as partidas e chegadas. Não parecia se importar quando um navio era dado como perdido, mas mostrava extremo prazer e satisfação com os que voltavam; nessas ocasiões, enchia-se de júbilo ao ver descarregarem os porões, pois sentia-se o único dono de todas aquelas mercadorias. Quando seu irmão Criton, vindo da Sicília, chegou a Atenas, ficou tão apreensivo com o estado de Trasilau que o colocou sob cuidados médicos. O tratamento deu certo, mas Trasilau, finalmente curado da insanidade, nunca deixou de lamentar a vida que tinha vivido quando era louco, alegando que jamais tinha sido tão feliz, pois nenhuma preocupação o afligia, enquanto a soma de prazeres era imensa.

Se a História não registrou a causa dessa loucura, nem qual o método usado pelo médico que o curou, ao menos imortalizou esse sincero lamento de Trasilau, usado por muitos autores como um exemplo de que, às vezes, viver na ilusão é bem mais gratificante que conhecer a realidade. Vamos encontrar essa discussão infindável entre os dois mundos – o interior e o exterior – em épocas e línguas muito diferentes. Bernard Shaw conta da velhinha muito religiosa que se mudou para Londres e confundiu a Academia de Ciências com uma igreja, e lá sentou, durante anos, a ouvir a pregação de Charles Badlaugh – o mais inflamado arauto do ateísmo na Inglaterra –, encantada com sua eloquência, sem questionar nunca o que ele dizia, nem abalar uma pedrinha sequer de sua fé. Valeu a pena acordar Trasilau? Convinha alertar a velhinha?

O bom-senso me diz que é sempre melhor optar pela realidade, mesmo que ela custe (ou doa) mais do que as ilusões. Eu não posso viver sem elas, mas não quero chegar ao extremo do simpático Trasilau, por elas derrotado. Prefiro tratá-las como companheiras de viagem, provisórias, com as quais convivo até que a limitação inerente à nossa pobre condição humana me obrigue a abandoná-las. Elas se vão, mas sabem que amanhã recomeço.

Lembrem-se de esquecer

Os gregos, incomparáveis em suas metáforas mitológicas, imaginavam a memória na figura de uma bela deusa, Mnemósine, que deitou com Zeus por nove dias e nove noites e gerou assim as nove Musas, graciosas entidades que passaram a presidir todos os dons intelectuais e criativos do ser humano. Além disso, acreditavam que lá embaixo, nos domínios subterrâneos de Hades, ficava o lago da Memória, do qual fluía uma límpida fonte; quem bebesse sua água fresca adquiria a recordação de todas as coisas vividas e acontecidas. No entanto, como seria impossível viver com uma memória total e absoluta, bem ali perto corria, manso e silencioso, emanado de uma profunda caverna, o famoso Lete, o rio do Esquecimento, cuja água tinha o efeito exatamente inverso. O segredo da felicidade estava em beber, com equilíbrio, um pouco de cada água, lembrando o que deveria lembrar e esquecendo o que deveria esquecer.

Três milênios depois, no confuso século em que vivemos, cientistas americanos anunciaram o que qualquer homem do planeta, do gaúcho ao esquimó, já estava cansado de saber: a mulher tem muito mais memória do que nós, especialmente na área emocional. Como Funes, aquele fantástico personagem de Borges que lembrava das nuvens no céu da manhã de todos os dias de sua vida, assim ela guarda até o menor, o mais ínfimo detalhe de sua vida afetiva – especialmente no que se refere a nós, pobres homens desmemoriados. É o confronto desigual do almanaque contra a enciclopédia; enquanto mal e mal lembramos da cena de um encontro, elas recordam tudo, até a cor do nosso sapato. Nas brigas, mais ainda se aguça tal habilidade: com a precisão de uma taquígrafa juramentada, elas são capazes de reproduzir cada palavra incriminadora que dissermos e que, como nos filmes de julgamento, poderá ser usada contra nós. Enquanto nós filtramos tudo e só guardamos o básico, elas acumulam tantos detalhes que não conseguem, às vezes, enxergar o essencial dos ricos homens que estão a seu lado. Um grego talvez dissesse que faltou a elas um pouquinho mais da água de Mnemósine, para que se lembrem, de vez em quando, de esquecer.

A HORA CERTA

Para os gregos antigos, sempre profundos, havia dois tipos bem distintos de tempo: uma coisa era *cronos* – o tempo que passa, contado em dias, meses e estações, dividido na infinidade dos segundos e na lentidão dos milênios. Outra coisa era *kairos* – o momento certo, propício, a ocasião oportuna para as coisas acontecerem. Se eu decido, em agosto, que vou colher os frutos do meu pessegueiro no início de novembro, isso é *cronos*. Se eu for, todavia, mais sábio, esqueço o relógio e o calendário e trato de colher meus pêssegos só quando a cor e o cheiro anunciarem que eles estão maduros – isso é *kairos*.

Kairos era representado como uma divindade jovem, vibrante, com asas nos calcanhares velozes. Sua cabeleira era peculiar, pois não crescia da forma habitual: tinha um grande topete na frente, uma longa madeixa de cabelo que caía em cachos espessos, quase ocultando sua face, enquanto a nuca e a parte de trás da cabeça eram completamente calvas. Séculos mais tarde, em Roma, ela teve seu nome mudado para *occasio* – "ocasião" –, mas sua imagem continuou a mesma, uma alegoria simples, mas dolorosa, a nos lembrar que a ocasião estará irremediavelmente perdida se não a agarrarmos no momento em que ela passar.

No vestíbulo do templo de Delfos, dizem, estava escrita a frase mais importante de cada um dos Sete Sábios da Grécia. A de Pítaco de Mitilene era justamente "espera o *kairos*", isto é, aguarda a hora certa. É impossível esquecer que o tempo do *cronos* existe, já que dentro dele nascemos e por ele seremos um dia devorados; o difícil é lembrar que existe também o tempo privilegiado do *kairos*, aquele momento exato, oportuno, que precisa ser respeitado, igualmente indispensável para furar uma onda, desviar a bola para o gol ou dizer a alguém que o amamos. Mais difícil ainda é atinar com esta justa medida, este momento preciso, enxergar aquela fina película que separa um "ainda não" de um "agora é tarde". Os gregos sabiam disso, e diziam que esse instante feliz era um dos raros momentos em que nós recebíamos a visita dos deuses.

Conduta em banquetes

Dez anos depois da Guerra de Troia, tendo perdido todos os seus navios, depois de tantos perigos e naufrágios, Ulisses assim mesmo ainda luta para voltar para sua casa e sua família. Todos os seus marujos pereceram, e ele, agora sozinho, avança lentamente, esforçando-se para manter no rumo de Ítaca a tosca jangada em que navega. No entanto, Poseidon, o deus do mar, o seu maior inimigo, manda o vento e a tempestade uma vez mais contra ele, destruindo a singela embarcação. Ulisses lança-se às águas revoltas e luta por quase três dias inteiros contra o negro abismo do mar; desta vez, porém, os deuses resolvem poupá-lo, pois ele já sofreu demais e merece rever a mulher e o filho. Na aurora do terceiro dia, exausto, ele pisa finalmente em terra firme, na alegre ilha dos Feácios, que o acolhem como hóspede.

Descanse, Ulisses: desta vez você não será traído. O rei Alcino é homem de palavra e vai levá-lo a Ítaca, mas antes quer que você repouse um pouco e desfrute da hospitalidade dele, que é famosa. É para honrar você que se organiza esta grande festa; todas as pessoas importantes da ilha se juntam a você no magnífico salão, onde tocam música e os jovens cantam e dançam ao redor da esplêndida mesa do banquete. Foram muitos os seus hospedeiros (e hospedeiras...) nesses últimos dez anos, mas você sempre se sentiu sozinho, um estranho em terra estranha. Agora, contudo, o seu coração de guerreiro vai sendo invadido por aquela alegria fraternal e espontânea dos feácios. Você ainda não chegou a Ítaca, mas alguma coisa no entusiasmo sincero desta festa faz com que comece a se sentir em casa. Comovido, você pede então para falar: "Majestade, não conheço maior ou mais profundo prazer; quando as pessoas se juntam, tomadas pela alegria da festa, ouvindo música, sentadas lado a lado diante de mesas abundantes de pão e de carnes, as taças sempre cheias com o vinho generoso – essa é a coisa mais bela do mundo".

Sábio Ulisses! Queria apenas agradecer, mas acabou fazendo filosofia, pois é em festas assim que nossa alma viajante sente, como você sentiu, que está mais perto de casa. Ah, outra coisa. Para o banquete da vida, siga as lições de Epíteto, que vai nascer mil anos depois que você morrer: se lhe apresentam um alimento que você deseja, estenda a mão e sirva-se; se ele passar ao longe, deixe-o ir embora; se ainda não está ao seu alcance, espere, que ele virá. Sirva-se só do que quer. Se você tiver a coragem de fazer isso com relação a filhos, a uma esposa, a um emprego, à riqueza, vai compartilhar a festa com os próprios deuses...

A MORTE DE PÃ

O fato aconteceu diante de muitas testemunhas, num navio grego que se dirigia à Itália, durante o reinado de Tibério: por volta das nove da noite, o vento amainou de repente, deixando o navio à deriva, bem perto da ilha de Paxos. Quase todos os passageiros ainda estavam acordados, e muitos ainda nem tinham terminado o vinho do jantar, quando, subitamente, ouviu-se alguém lá da ilha gritar o nome de Tamuz – o que deixou todos espantados, porque Tamuz era o piloto, um marinheiro egípcio cujo nome pouca gente conhecia. Duas vezes o chamaram, num tom assustador, mas o medo o manteve em silêncio. Na terceira, no entanto, achou melhor responder, e a voz misteriosa, falando ainda mais alto, ordenou: "Quando passares por Palodes, grita com todas as tuas forças que o Grande Pã está morto!". A bordo, todos ficaram perplexos e começaram a discutir se o piloto deveria ou não cumprir o que lhe fora ordenado. O egípcio resolveu confiar a decisão ao próprio mar: se viesse um bom vento, ia passar ao largo de Palodes sem sequer abrir a boca; no entanto, se a calmaria continuasse, ia repetir o que tinha ouvido. Então, quando o navio chegou diante de Palodes, ao constatar que ali o mar não tinha ondas, nem soprava brisa alguma, o piloto se voltou para a terra e gritou a estranha mensagem: "O Grande Pã está morto!" – e antes mesmo que concluísse a sua última palavra, ergueu-se na escuridão um imenso grito de dor, e ouviram-se gemidos e lamentos não de uma, mas de incontáveis vozes noturnas.

Foi esse grito misterioso, diriam depois os intérpretes, que anunciou o fim do Mundo Antigo e o início da Era Cristã, pois bem na época do incidente, a muitas milhas dali, mas ainda dentro do Império Romano, Cristo estava sendo crucificado. Quantas vezes – de vozes que falavam persa, hebraico, latim, grego ou tupi-guarani – a História não ouviu esse lamento melancólico de uma cultura que agoniza para dar lugar a outra, e quantas mais não ouvirá? Como as estrelas ou as formigas, civilizações também nascem e morrem, mas o seu fim nunca é visto como natural pelos seus contemporâneos, que sempre vão se perguntar se aquilo que estão vivendo não seria o fim de toda a humanidade... É puro exagero, sabemos, porque a vida continua. É melhor, como sugere E. M. Cioran, acreditar que cada civilização representa uma resposta possível às perguntas que o Universo nos faz, mesmo que o mistério permaneça intacto, à espera de outras civilizações que, com a curiosidade renovada, reúnam suas forças para mais uma tentativa – pois para isso existimos.

Antes ou depois

O mito grego da origem humana conta que os habitantes do Olimpo resolveram, um belo dia, povoar este mundo de seres mortais que os divertissem. Com argila sagrada, moldaram então o homem e todos os animais; depois, incumbiram os irmãos Prometeu e Epimeteu, semideuses da raça dos Titãs, de prepará-los para a vida, equipando-os com o que fosse necessário. No entanto, Epimeteu, distraído, gastou com os animais todas as qualidades que tinha para distribuir, deixando o homem completamente indefeso e nu, sem pena, pelo, casco, presa ou garra que o defendesse. Para remediar a injustiça dessa partilha, Prometeu ousou enfrentar a ira dos deuses e roubou-lhes o segredo do fogo; com ele, o homem tornou-se o senhor da Natureza.

O grande poeta Hesíodo, em seu *Os Trabalhos e os Dias*, é quem descreve a ira divina: para nos castigar (são palavras dele!), Zeus mandou, despeitado, moldar, com a mesma argila divina, a primeira de todas as mulheres, um ser tão belo quanto as deusas. Todos colaboraram: Atena deu-lhe o dom de tecer e de misturar as cores, as

Graças deram-lhe o porte e o semblante, Afrodite deu-lhe o dom de amar e o poder sobre o desejo, enquanto o sinuoso Hermes a equipava com uma mente ardilosa e um coração ambíguo. Ingênua e perigosa, esta criatura irresistível, batizada de Pandora, foi recebida apaixonadamente por Epimeteu, que a fez sua esposa, apesar do irmão sempre recomendar que ele nunca se fiasse em qualquer presente vindo dos deuses. Pandora trazia de dote uma caixa lacrada, com recomendação de jamais abri-la, mas não pôde resistir à curiosidade e terminou erguendo a tampa para espiar: foi assim que dali escaparam todos os males e doenças, que ainda não existiam e que passaram, desde esse dia nefasto, a nos fazer companhia. É compreensível que Hesíodo, para quem a mulher era um castigo, deixasse de salientar que "Pandora", em grego, significa "a que tem todos os dons"...

No século 17, o filósofo Francis Bacon viu na história dos dois irmãos uma metáfora da condição humana. Segundo ele, Prometeu (etimologicamente, "o que pensa **antes**") representa o homem racional, prudente e prevenido, que antecipa as consequências do que faz, enquanto Epimeteu ("o que pensa **depois**") representa o homem que vive apenas o presente, descuidado do futuro, incapaz de raciocinar a não ser sobre atos já praticados. É claro que Bacon preferia Prometeu, mas, como sábio que era, não se furtou a observar que esse tipo de homem racional deixa quase sempre de colher os frutos da existência, privando-se do prazer da vida e enchendo-se de inquietação diante do menor detalhe. Hoje, quatro séculos depois, a intuição me diz que o segredo não é optar por um dos irmãos da lenda, mas assumi-los como símbolo dos dois lados da nossa natureza, que é ambígua e dividida em sua própria essência – até mesmo porque (coisa que Hesíodo não quis enxergar) a Humanidade só nasceu no momento em que nosso lado Epimeteu abriu a porta para Pandora.

Aos que conseguiram escapar

Marguerite Yourcenar é uma voz moderna que nos recorda uma verdade antiga: tudo o que pudermos imaginar para prejudicar nosso semelhante já foi, ao menos uma vez, experimentado pelos gregos, assim como também são gregos os modelos de todos os nossos vícios. Não há nada de novo no mundo do Mal; o antepassado do nosso maior criminoso, do nosso monstro mais doentio já espreitava nos escuros desfiladeiros da Ática ou nas estradas desertas da Tessália. Não por acaso, a Grécia também criou uma série de heróis luminosos, incansáveis paladinos do Bem, como Hércules e Teseu, que se tornaram lendários por caçar impiedosamente esses agentes da escuridão que tentam dominar o homem pelo terror e matar sua liberdade.

Um dos nomes mais famosos foi Damastes, mais conhecido como Procusto, um terrível homicida que vivia perto da estrada de Elêusis. Ele atraía viajantes solitários para a sua pousada, oferecendo-lhes abrigo para passar a noite. Uns dizem que ele tinha dois leitos de ferro, um mais curto que o outro, que ele escolhia dependendo do talhe do visitante; Plutarco, contudo, quando conta a vida de Teseu, fala de um leito só – o que não fazia diferença para o incauto viajante, que ia morrer do mesmo jeito. Depois que a vítima adormecia, Procusto a dominava e, possuído por uma cruel obsessão, tratava de adequar o corpo do infeliz às medidas exatas do leito: se ele era alto e os pés sobressaíam da borda, ele os amputava com um machado; se ele era baixo e tinha espaço de folga, ele dilacerava seus membros, esticando-os com cordas e roldanas. Teseu passou por ali e deu-lhe um fim merecido: obrigou-o a deitar no seu próprio leito – mas atravessado, não ao comprido, o que deixou muita coisa para cortar.

Teseu, que já havia liquidado o Minotauro, pensou ter feito o mesmo com Procusto. Enganou-se, pois ele não só sobreviveu, como prosperou de tal maneira que hoje é um dos senhores do mundo. O seu sinistro leito de ferro continua a ser usado em toda a parte – no autoritarismo de certos partidos, no fundamentalismo religioso, na ditadura da moda e do gosto. Nas estradas e nos desfiladeiros modernos, essas entidades substituíram o salteador de antigamente; elas estão sempre à nossa espreita e, como pensam estar do lado certo da verdade, não toleram ver pessoas que insistem em conservar a sua própria medida. Muitos, temendo a noite aqui fora, vão entregar suas mentes ao traiçoeiro Procusto; alguns poucos, contudo, que sabem o que acontece lá dentro, tratam de passar ao largo dessas estalagens malditas, sem temer a solidão, porque logo ali, em outra volta da estrada, hão de encontrar outros viajantes que, como eles, escaparam.

A SINA DE SER MULHER

Para os chefes gregos, não foi fácil levar Aquiles para a longa Guerra de Troia. Uma profecia rezava que ele seria o guerreiro mais destacado nesta campanha, mas morreria antes que as muralhas de Troia caíssem. Sua mãe, a deusa Tétis, aproveitando que o jovem era imberbe e usava longos cabelos ondulados, escondeu-o entre as cinquenta filhas do rei Licomedes, seu amigo, com a instrução de mantê-lo vestido e paramentado como se fosse uma delas. Foi inútil; desconfiando do estratagema, Ulisses se apresentou na corte disfarçado de mascate, com um baú cheio de produtos femininos. Ao expor o conteúdo – tiaras, pulseiras, brincos, perfumes e tecidos macios –, houve uma colorida agitação entre as filhas do rei, que se adiantaram para experimentar aquelas maravilhas diante do espelho – exceto, é claro, Aquiles, que ficou meio de lado, arredio, talvez emburrado com a mãe por tê-lo enfiado naquelas roupas de mulherzinha. Elas tiraram tudo da arca, desprezando apenas, no fundo, uma espada que Ulisses tinha escondido debaixo das mercadorias. Olhando de esguelha para aquela princesa de ombros largos e pés imensos,

Ulisses, manhosamente, fez a lâmina rebrilhar num raio de sol, enquanto lá fora, em sincronia perfeita, um de seus companheiros fazia soar uma trombeta de guerra. Foi o que bastou: Aquiles, arregaçando o vestido com uma das mãos, saltou e empunhou a espada com a mão livre, brandindo-a alegremente no ar. Ele era homem, ele era espada! E lá se foi ele com Ulisses, ao encontro da glória e da morte certa.

Os símbolos desta cena são tão evidentes que esquecemos de olhar para as filhas de Licomedes. Elas também são simbólicas, essas cinquenta jovens que esvoaçam como abelhas atarefadas em torno do baú de Ulisses, estendendo as mãos e os olhos para as joias e os tecidos. Não podem escapar de sua condição feminina, e precisam se enfeitar para responder, não importa o recurso ou o artifício exigido, à imagem de beleza em que foram aprisionadas. E não digam que não passa de uma tática de sobrevivência no mercado de escravas que é a sociedade masculina, pois toda a mulher sabe que se enfeita também para as outras. É muito mais que isso, pois já está nas lendas e nos mitos mais antigos, numa maldição de que a Bíblia não fala mas que Eva entendeu perfeitamente: viverás para os olhos dos outros, ou não serás ninguém. Asseguro-lhes que o homem aprecia os resultados, mas estremece, solidário, diante dessa sina terrível.

Deuses e homens

Não conheço alguém que tenha lido Homero sem ficar fascinado pelos deuses do Olimpo. Tanto na *Ilíada* como na *Odisseia*, Homero os descreve com a mesma simpatia que dedica a seus heróis de carne e osso. Zeus, Afrodite, Hera ou Apolo são personagens tão vívidos quanto Aquiles, Heitor, Helena ou Cassandra; embora habitem o mundo luminoso do Olimpo, eles aparecem cá embaixo, ao longo de toda a história, interferindo diretamente no desejo e no destino dos homens. Invisíveis, ou usando disfarces, descem ao meio dos mortais para ajudar, ameaçar, mentir ou enganar; os heróis, que estão acostumados à sua presença, tratam-nos com a devida consideração.

Muitos criticaram Homero por ter pintado esses deuses tão pouco respeitáveis. Um crítico religioso dizia que eram deuses sem moral, submetidos às mesmas fraquezas que nós, pobres humanos; não tinham a sabedoria, a perfeição e a bondade que constituem, para os crentes, os indispensáveis atributos de uma divindade. Um não-religioso, ao contrário, achava que aos personagens homéricos faltava aquela centelha de autodeterminação que anima o peito do verdadeiro herói; sem vontade própria, Aquiles, Heitor ou a própria Helena não passariam de joguetes indefesos dos poderosos deuses, que se divertiam em manipulá-los como simples marionetes.

Ora, quem critica a Grécia de Homero por não ter um deus moralizante age como o turista que estranha não haver água de coco no Nepal. O homem grego aplicava o vocábulo *theos*, que veio dar o nosso **deus**, a todas as coisas que estão acima da nossa compreensão; os seus deuses, portanto, não representavam uma justiça e uma ética supremas, como o deus dos cristãos e dos maometanos, mas sim aquelas forças da vida e da natureza que até hoje nos parecem misteriosas (e, consequentemente, perigosas). É por isso que a religião grega ainda fascina os incrédulos homens do novo milênio: nela aparecem, de forma concreta, todas essas forças primevas, eternas, que estão acima do nosso controle. Em vez de dizer, como o cristão, "Deus é amor", os gregos homéricos diziam "O amor é um deus" – e assim, para eles, também eram deuses a beleza, a luta, a morte, a arte, o desejo. Cada um devia ser cultuado à sua maneira e à sua hora; os gregos procuravam conviver com todos eles, em harmonia, porque acreditavam que sua vida ficaria prejudicada se esquecessem ou desprezassem qualquer uma dessas forças que movem o coração do homem – no que tinham a mais absoluta razão.

Nosso melhor amigo

No tesouro que é a *Odisseia*, a história de Argos é uma pequena pérola. Quando Ulisses, depois de muita luta, consegue finalmente voltar à sua amada Ítaca, ele desconhece os perigos que o aguardam em sua casa. Como precaução, Atena, sua deusa protetora, transforma-o num velho decrépito para que ninguém o reconheça – nem mesmo Penélope, que há vinte anos espera pelo retorno do marido. Ao se aproximar de seu próprio palácio, no entanto, Ulisses depara com um cão moribundo, prostrado no meio da imundície dos estábulos. Argos, o seu cão de caça, era apenas um filhote quando ele tinha partido para a Guerra de Troia; agora, velhíssimo, estava ali para morrer, no meio do lixo e do esterco, sem força sequer para espantar as moscas que o atormentavam. Ao ver que Ulisses se aproximava, contudo, deitou as orelhas para trás e abanou a cauda, numa saudação feliz – e mais não pôde fazer, pois estava muito fraco para se arrastar para perto de seu mestre, que, de longe, cuidando para não se trair, enxugou uma lágrima furtiva. Homero nos diz, então, que a sombra da morte desceu finalmente sobre Argos: ele agora podia morrer, pois tinha reencontrado seu dono.

Outro exemplo tocante é contado por Plínio, em sua *História Natural*: quando Tito Sabino, acusado de conspirar contra Nero, foi condenado à morte, o seu cão o acompanhou durante todo o tempo em que esteve preso. Depois da execução, o cadáver foi exposto nas escadarias Gemônias, antes de ser jogado ao Tibre, como era o costume; ali, sem arredar um instante, o pobre animal ficou uivando de tristeza, parando de vez em quando para lamber o rosto do dono, tentando reanimá-lo. Quando um dos populares que assistiam à cena, condoído, atirou-lhe um pedaço de pão, ele foi depô-lo ao lado da boca do morto, sem compreender por que ele não comia. Por fim, quando jogaram o corpo no rio, o cão lançou-se às águas e nadou ao lado dele, tentando mantê-lo na superfície – diante dos olhos comovidos da imensa população que tinha acorrido ao local para testemunhar aquele exemplo espetacular de fidelidade canina.

Entre nós e o cão existe um trato antiquíssimo, nascido naquele passado brumoso da aurora da humanidade: foi ele o primeiro animal que roubamos da vida selvagem e trouxemos para nossa caverna, onde ele deixou de ser fera, aprendendo a conviver com o fogo e a reconhecer o seu nome. A cada noite, na cabeça do nosso amigo, deve voltar a lembrança instintiva daqueles dias escuros em que se firmou esse pacto. Ele sempre cumpre sua parte – nós é que costumamos esquecer, até que histórias como a de Argos nos deixem um tanto envergonhados da ingratidão dos homens.

A Idade de Ouro

Muitos povos antigos, em suas mitologias, imaginaram um mundo inicial quase perfeito, em que os primeiros homens viviam na mais completa felicidade. Egípcios, hindus, chineses, maias e astecas compartilharam essa ideia de uma plenitude originária que a humanidade acabou perdendo. O grego Hesíodo, no seu *Os Trabalhos e os Dias*, fala-nos desse trajeto descendente do homem, era após era: de uma idade de ouro, em que vivíamos em eterna festa, sem conhecer a necessidade ou a doença, passamos pela idade da prata e do bronze, decaindo sempre, até chegar à nossa triste idade de ferro, que nos condenou ao trabalho e à nossa humana imperfeição. A tradição judaico-cristã acrescentou uma pequena chamazinha que não chega a aquecer-nos: embora tenhamos sido expulsos do paraíso pelo que fez pai Adão, talvez no Fim dos Tempos tenhamos uma última chance de conhecer o que perdemos. Na outra ponta, o marxismo, uma religião mais moderna, nega a felicidade desse passado distante e aponta exatamente para a direção inversa, pois é no futuro que estaria a idade de ouro; a cada volta que o mundo dá, mais nos afastamos dos males e das necessidades que nos escravizavam quando imperava ainda a desordem das origens; o passar dos séculos e dos milênios só vai nos enriquecer.

Seguindo ora um rumo, ora o outro, os incontáveis passos da espécie humana terminaram definindo duas grandes trilhas na planície: o pensamento conservador, para o qual ontem sempre será melhor do que hoje, e o pensamento revolucionário, para o qual hoje nunca será tão bom quanto amanhã. Entre essas duas escolhas, a segunda é, como notou Cioran, ingênua mas muito mais generosa: se a felicidade é, no fundo, obter o que eu desejo, pensar que ela está lá na frente, como a luz no fim de um túnel, é melhor do que viver lamentando aquela ideia terrível de que cheguei tarde demais para a festa. Para mim, no entanto, não serve nem a nostalgia do passado, nem a esperança do futuro; prefiro viver o presente, desejar o que já tenho, libertar-me dessa miragem de paraísos distantes e gozar aquilo que nunca me faltará: o mundo, a natureza, os amigos, as pessoas amadas que estão à minha volta. Isso só depende de mim; um dia terei a coragem de adotar como lema de vida o que Kazantzakis (outro grego!) escolheu como seu epitáfio: "Não espero nada; não tenho medo de nada; sou livre!".

Expulsos da festa

Quando tento entender o que hoje acontece, sempre volto aos autores antigos, ao homem da Grécia, de Roma ou da Pérsia. Não digo que fossem melhores do que nós; é que ali, onde brota a fonte, a água é mais límpida e podemos enxergar nossa humana condição em toda a sua nitidez. Para entender esta guerra do Iraque, que agride meus sentidos e minha razão, basta reler Tucídides, o notável historiador grego, que narra o famoso ultimato dos atenienses à ilha de Melos, no mar Egeu, no verão de 416 a. C. Atenas está em guerra contra Esparta, e a pequenina ilha, antiga colônia espartana, prefere manter-se neutra na disputa. Os atenienses, com sua proverbial fama de democráticos, enviam-lhes uma embaixada para "conversar", não sem antes cercar toda a ilha com sua esquadra ameaçadora. Os mélios alegam que é um diálogo de cartas marcadas: se eles se recusarem a aderir, serão atacados; se aceitarem, tornar-se-ão escravos. Os atenienses, apesar de reconhecer que o ultimato não é justo, sugerem então que se deixem de lado as palavras bonitas, pois "todos nós sabemos que a discussão sobre o que é justo ou não é só acontece quando há equilíbrio de forças; no fundo, os fortes dizem o que querem e aos fracos só cabe ceder". Os mélios resistem, e são destruídos: todos os homens morrem, as mulheres e crianças são escravizadas, e o seu triste destino nos faz concluir que, apesar de todos os acordos civilizados e as esperanças humanistas, o mundo sempre foi e sempre será do mais forte.

Entre os deuses era diferente. Os gregos, consertando na sua mitologia o que não podiam fazer na vida real, idealizaram uma autoridade superior que inibia a força bruta: Zeus selava os acordos entre os deuses com um juramento pelas águas sagradas do Styx (ou Estige), rio que corria no mundo dos mortos. Se um deles quebrasse o acordo, sua pena era terrível: jazeria inerte e sem voz por um ano inteiro, e nos nove anos seguintes ficaria banido do alegre mundo do Olimpo, excluído da eterna festa dos deuses. Os EUA, embriagados pelo poder absoluto, depois do fiasco soviético, andam raciocinando como os atenienses: a ONU, o Protocolo de Quioto, a Convenção de Genebra são apenas palavras bonitas, que se calam quando a força real sobrevém. Eu preferia que pensassem como um de seus fundadores, Thomas Jefferson, que, como os deuses, acreditava que uma nação digna deveria manter "um respeito decente pela opinião de todo o gênero humano", sob pena de ficar isolada para sempre e banida da festa da vida – embora me pareça que eles não andam se importando muito com isso...

Morrendo de sede

Contam que Zeus, o senhor do Olimpo, gostava muito de Tântalo, um de seus filhos mortais, e às vezes lhe concedia o raríssimo privilégio de sentar à mesa com os deuses, comendo o que eles comiam e participando de suas conversas. No entanto, ele traía a confiança que nele depositavam, revelando a seus amigos mortais todos os segredos divinos que caíam em seus ouvidos. Quando Zeus soube disso, resolveu puni-lo de uma forma que se tornasse inesquecível para toda a humanidade, condenando-o a um castigo terrível: de pé, dentro de um pequeno poço de águas cristalinas que lhe chegavam até o queixo, Tântalo sofria uma sede eterna; quando tentava abaixar-se para beber, toda a água desaparecia num rápido torvelinho, como se fosse drenada por um ralo invisível. Por sobre o poço, estendia-se a verde folhagem de árvores carregadas de frutos – peras, romãs, figos doces e gordas azeitonas –, que pendiam tentadoramente logo acima de sua cabeça. Contudo, se o infeliz fazia menção de erguer os braços para apanhá-las, soprava um vento forte que as jogava para o alto, para fora de seu alcance.

Como não sou imortal, sei que não duraria muito debaixo de um castigo desses. Alimento, sono, abrigo e vestimenta são exigências básicas que me foram impostas desde que o bom pai Adão abandonou o Paraíso. Não tenho escolha: querendo ou não, preciso satisfazê-las para conservar a vida, porque são necessidades que eu herdei da Natureza. Friso que são necessidades, não desejos. Estes somos nós que criamos, atribuindo às coisas e às pessoas um valor que não está nelas, mas que vem da nossa própria cabeça. Enquanto as necessidades são sempre as mesmas, os desejos variam de indivíduo para indivíduo, de cultura para cultura; além disso, eles são supérfluos, para o nosso corpo, embora sejam indispensáveis para a nossa alma.

Pois o nosso mundo maluco criou milhões de Tântalos que vivem morrendo de sede, com a água diante dos olhos. O sistema, impiedoso, cria desejos para todos. Com a promessa de transformar a escassez em abundância, anuncia que, em breve, a mesa dos deuses, outrora privilégio dos que podiam pagar, estará aberta ao povo. Este, esperando o banquete, vive mergulhado num mundo brilhante que parece estar ao alcance da mão, mas que foge como a sombra, quando se corre atrás dele. O pobre é esse Tântalo moderno, pois vive no suplício dessa frustração essencial, humilhante e corrosiva; por um lado, é seduzido pelas ofertas cintilantes que fazem desfilar diante de seus olhos, enquanto, por outro, ele vai sendo mais e mais despossuído dos meios necessários para adquiri-las. Em matéria de castigo, nem Zeus chegaria tão longe.

Não pergunte para quê

É Plutarco quem nos conta: quando o famoso rei Pirro ainda planejava sua expedição contra a Itália, um sábio que o aconselhava, chamado Cineias, perguntou-lhe o que ele faria se tomasse a cidade de Roma. "A resposta à tua pergunta salta aos olhos, Cineias: se vencermos Roma, nenhuma outra cidade será capaz de nos resistir: vamos dominar a Itália inteira!" Depois de algum silêncio, voltou Cineias: "E depois?". "Ora, bem perto dali, a Sicília nos estende os braços; é uma ilha muito rica e muito fácil de tomar..." "E ali, na Sicília, será o fim de nossa expedição?" "Não, Cineias: isso vai ser apenas o prelúdio de nossas grandes conquistas, pois nada nos impediria de lançar a mão sobre a Líbia e a poderosa Cartago, que estariam a nosso alcance." O sábio não sossegava: "E quando tivermos tudo isso, o que nós vamos fazer?". Pirro então começou a rir: "Então teremos bastante tempo para nosso descanso, e, todos os dias, com as taças na mão, vamos nos divertir com alegria!". Cineias o interrompeu: "Mas isso nós já podemos! O que nos impede, desde já, de ter essas taças nas mãos e passar todo o tempo em descanso, sem guerras, nem conquistas, nem derramamento de sangue?". Pirro não gostou do comentário, mas também não mudou os seus planos, porque, como bem notou Plutarco, "era-lhe impossível renunciar às suas esperanças e aos seus desejos".

Como pregava a paz, é natural que Cineias tenha passado à História como um exemplo de sábio. No entanto, este seu raciocínio só vale se for contra a guerra, pois, aplicado à vida, é um verdadeiro desastre. Miguel Benasayag, um pensador argentino, não acha Cineias tão sabido assim: no seu diálogo com o rei, ao perguntar o porquê de cada etapa da expedição, ele passa a ideia simplista de que Pirro só queria o poder – e, nesse caso, realmente, ele seria um idiota, porque poder ele já tinha. Mas Pirro queria bem mais: ele queria partir, ou seja, ele queria viver – e a única pergunta que a vida, a arte, o amor e o pensamento não podem tolerar é exatamente essa que "sábios" como Cineias não param de fazer a si mesmos, na forma de "para que serve?" ou "para que estou fazendo isso?". Se ele ia procurar tão longe o que, segundo Cineias, estava ao alcance da mão, não é porque fosse cego e não enxergasse os atalhos, mas porque compreendia que o objetivo da expedição não era Roma ou Cartago, mas era a própria viagem, da mesma forma que o objetivo da vida não é a felicidade, mas a própria vida, e qualquer atalho que sigamos só vai nos fazer perdê-la.

O AMOR NÃO É CEGO

A arte dos antigos, baseada em outra arte maior que convencionamos chamar de "mitologia", cristalizou cenas e figuras que passaram a fazer parte da imaginação de todos os ocidentais. Certas alegorias são completos tratados visuais, em que os detalhes exprimem a própria essência da coisa representada. Por que a Justiça é vista como uma mulher de olhos vendados, com uma balança na mão esquerda e uma espada em sua direita? A explicação que dermos para cada um desses itens (mulher, olhos vendados, espada e balança) vai constituir uma verdadeira teoria da Justiça e do Direito.

A representação do deus do Amor, contudo, sofreu uma curiosa alteração, ao passar da Grécia para Roma: o sedutor Eros, temido até pelos deuses, pintado como um belo jovem, esguio e atlético, dotado de fortes asas, foi se infantilizando pouco a pouco, chegando a Roma já transformado na figurinha de Cupido, um menininho gorducho, muito parecido com os anjinhos que voam como beija-flores nos jardins do Paraíso. Mesmo assim, Francis Bacon, o humanista e filósofo inglês a quem chegaram a atribuir a autoria das peças de Shakespeare, considerava muito adequada essa nova imagem do Amor, pois o essencial continuava lá: o arco e as flechas, as asinhas e os olhos vendados. As flechas, para nos lembrar que ele fere de súbito, sem avisar, enchendo-nos com aquela suave dor que todo enamorado conhece; as asas, para mostrar o quão rápido ele se move, e quão mutável e inconstante ele pode ser; os olhos vendados, enfim, para representar a cegueira que nos aflige no momento em que por ele somos tocados: não vemos mais nada e, quando vemos, não queremos enxergar. Além disso, a mudança para um menino teria a vantagem de nos lembrar que todo o apaixonado é infantil, disposto a balbuciar frases e palavras que soam ridículas para os que estão de fora.

Ora, reduzir o amor a essa flecha misteriosa que atravessa, ao mesmo tempo, o meu e o coração de alguém, deixando dois cegos unidos por uma seta do acaso, como aqueles corações gravados nas árvores da praça; dizer que ninguém pode entendê-lo ou explicá-lo, e que, pior ainda, assim como ele veio do nada, pode desaparecer numa manhã qualquer, é simplificar a alegoria e empobrecer o sentimento. A verdade é que o amor não é cego, nem imotivado, pois terminamos enxergando o que a outra pessoa é, como ela encara a vida, como goza suas delícias e enfrenta as adversidades, como pensa o mundo, a política e até a guerra, como reage às auroras e aos crepúsculos; é com base nisso tudo que autorizamos Cupido a disparar sua seta a cada nova manhã.

Como se fossem as últimas

Na guerra dos gregos e troianos, a primeira vítima foi um jovem enamorado. Quando a armada grega chegou diante de Troia, os navios ficaram flutuando além da rebentação, sem começar o desembarque; é que um oráculo rezava que o primeiro a pisar naquela praia ia morrer ali mesmo. De pé, na proa de seus navios, prontos para saltar em terra, os guerreiros se entreolhavam, hesitantes; ninguém queria sacrificar-se. Foi quando Protesilau, um dos jovens chefes da Tessália, mandou os remadores avançarem e pulou na água rasa, correndo para a praia, em direção aos troianos. Foi o seu fim: uma lança atravessou o seu escudo e atingiu-o no pescoço, matando-o instantaneamente. Cumpria-se a profecia, e também o pesadelo de Laodâmia, a sua jovem esposa, que desde o dia em que ele tinha partido temia que isso acontecesse.

Casados há menos de um mês, eles viviam um para o outro, enamorados, felizes como noivos, quando veio a convocação para a guerra. Na hora da despedida, disfarçando o choro, ela tinha recomendado ao marido que tivesse prudência, pois ele levava a vida dela em suas mãos; ela não ia aguentar se ele morresse. Para tornar sua ausência mais suportável, ela moldou, com a cera de muitas abelhas, uma estátua com a aparência dele, que ela punha no leito, a seu lado, e com a qual conversava todas as noites, contando-lhe os fatos do dia e os planos para o futuro. Assim, com esse pequeno consolo, ela viveu à espera do dia feliz em que ele voltasse para casa, até que o primeiro navio trouxe a notícia de sua morte. Ela caiu desfalecida. No Olimpo, os deuses se condoeram de tanta tristeza e resolveram deixar que o espírito de Protesilau voltasse do mundo dos mortos para rever Laodâmia pela última vez, e o jovem guerreiro e sua esposa ganharam três horas para ficar juntos de novo. Quando o prazo acabou, ele se foi para sempre, e ela pôs fim à própria vida.

É difícil ler esta história tocante sem pensar no que faríamos se nos fossem concedidas essas três horas a mais com a pessoa a quem amamos. Bem menos triste, no entanto – e muito mais produtivo – é imaginar que, como Protesilau, voltamos agora para casa para viver as três horas que os deuses nos deram de inhapa, e tratar de aproveitar nossos últimos 180 minutos, esse tempo raro e valioso que ganhamos de presente. Se conseguirmos entrar no jogo, tudo – até um copo com água fresca – vai ficar mais precioso, mais pungente. É claro que não aguentamos toda essa intensidade por mais de três horas, mas não faz mal. Amanhã recomeçamos.

Nosso lado invisível

Giges era um simples pastor do antigo reino da Lídia. Certo dia, durante forte tempestade, houve um tremor de terra e abriu-se uma fenda no solo bem perto de onde ele estava. Diante de seus olhos maravilhados apareceu um grande cavalo de bronze, uma estátua oca, aberta em muitos lugares, dentro da qual jazia o cadáver de um gigante, completamente despido, a não ser pelo belo anel de ouro que brilhava em sua mão. Giges pôs o anel no dedo, sem saber a surpresa que lhe estava reservada. Dias depois ocorreu a assembleia regular dos pastores, que deviam apresentar ao rei um relatório mensal sobre o estado dos rebanhos; ali, sentado entre os outros, Giges virou inadvertidamente a pedra para dentro e percebeu que tinha ficado invisível para os demais, que falavam dele como se ele não estivesse presente. Atônito, voltou a virar a pedra para fora, e voltou a ficar visível; prudente, repetiu a experiência, e o efeito foi o mesmo. Tratou então de convencer a assembleia a enviá-lo ao palácio real para apresentar o relatório; assim que chegou à corte, Giges, usando seus novos poderes, seduziu a rainha, assassinou o rei e usurpou o trono, iniciando sua longa dinastia.

Platão usou essa história fantástica (e cruel) para questionar se os bons são bons por escolha própria, ou simplesmente porque temem ser descobertos e punidos, se praticarem as más ações que trazem escondidas no peito. A pergunta de Platão já provocou (e vai continuar provocando) as mais diferentes respostas dos filósofos e escritores que pensam a Ética e a Política. A mim, no entanto, que sou peixinho miúdo, o que mais atrai nessa história é o tal anel da invisibilidade. Não me refiro a tudo aquilo que eu faria se pudesse ser invisível e, consequentemente, impune; acho que cada um tem sua lista pessoal de pequenas (ou grandes?) maldades e de ajustes de contas por realizar. Prefiro ver neste anel uma bela alegoria do poder do pensamento, pois ele é o meu lado invisível. Ninguém pode ver o que se passa lá no fundo da minha mente; lá eu posso negar a lei e a ordem, realizar o proibido, odiar a quem eu não posso e amar a quem eu não devia. Lá, sim, eu posso jurar que só vou obedecer ao que manda minha vontade. Nas asas da fantasia, já cobicei muitas rainhas, já matei alguns reis, já usurpei alguns tronos – e isso, leitor, não foi nada, perto de outras ideias terríveis com que às vezes me encanto. Recuso-me a jogar fora esse anel e a viver como alguns que nem mesmo lá dentro são livres: temem suas fantasias e controlam seus pensamentos, como se todos nós, aqui fora, pudéssemos enxergar aquilo que estão pensando.

O caos e o cosmos

Os pobres homens já eram acusados de ser desordeiros desde aqueles tempos tão antigos em que a Bíblia, em vez de ser lida, ainda estava sendo escrita. A *Odisseia* termina quando Ulisses finalmente volta para casa, depois de vinte anos de ausência, mas podem ter certeza de que Penélope, passado o entusiasmo de rever o marido, fez o herói ouvir as eternas recomendações de costume. Como decidi que é meu dever de homem civilizado entender – bem, ao menos tentar – o que ocorre na ancestral guerra dos sexos, que alguns ingênuos juram não existir, procuro esclarecer o que se passa na trincheira masculina, a fim de que elas – o belo sexo, ou o sexo forte, como já estão sendo chamadas – possam entender nossas diferenças e aceitar nossa suposta desorganização.

O conceito de **ordem na casa**, por exemplo, é uma verdadeira faixa de Gaza entre o homem e a mulher; ali o conflito espreita em cada esquina, pronto para destruir a preciosa paz doméstica, que só será alcançada no dia em que todos compreenderem que essas hostilidades representam o choque de duas visões de mundo, de duas filosofias distintas sobre a faxina e a arrumação. Para a mente serena e otimista da mulher, arrumar é organizar todas as coisas numa ordem estável e homogênea, em que todos os objetos de uma mesma classe recebam um tratamento semelhante. Já o homem tem uma concepção mais dinâmica: para nós, organização é saber onde está cada coisa na hora em que precisamos – sem maiores frescuras.

É admirável como a mulher limpa e arruma tudo **antes** que a desordem se instale, enquanto nós só conseguimos agir **depois** que sinais concretos nos informaram que a situação ficou insustentável. O homem só se põe em movimento quando consegue ver o cisco amontoado no canto da sala ou passa três dias sem encontrar o pé de sapato que se perdeu entre os jornais de uma semana inteira. Essa diferença fundamental entre prever (elas) e remediar (nós) também explica por que um homem só lava (ou põe para lavar) uma peça de roupa quando ela não passa pela inspeção visual ou olfativa. Afinal, por que pôr uma calça no tanque, se ela não tem mancha nem cheiro?

A solução é respeitar as duas concepções, dividindo os territórios: as partes comuns da casa são submetidas à ordem feminina, enquanto nós nos adonamos de espaços periféricos como a garagem, o porão, o sótão ou até mesmo o quartinho do gás, onde – segundo elas – podemos cultivar, como marca orgulhosa de nossa insubmissão, uma desordem babilônica. Essa divisão, ao privilegiar a ordem delas, é sábia e tem raízes ancestrais; não pode ser simples acaso o fato da mesma raiz grega que produziu a palavra **cosmos** – a ordem, a harmonia – ter também produzido os **cosméticos**. Tudo é coisa de mulher...

O riso de Hércules

Homem mesmo era Hércules. Aquele não deixava dúvida: enfrentou monstros lendários, viajou com os Argonautas, matou a Hidra de muitas cabeças, foi ao Inferno e voltou. Foi o homem mais forte que já existiu; quando resolveu sair no braço com Apolo, deus temido por todos, a briga só terminou quando Zeus veio apartar. Vestia-se bem de acordo: desde o dia em que estrangulou, com as mãos nuas, o terrível leão de Nemeia, passou a usar sua pele, com juba e tudo, como um manto curto que mal lhe tapava o traseiro. Para marcar sua presença, sempre levava ao ombro o seu porrete nodoso, feito do duro tronco de uma oliveira que ele próprio cortou e desbastou. Duas vezes, tomado pela loucura, cometeu atos desatinados, e duas vezes foi condenado a pagar pelo que fez. Na primeira, pagou com os doze trabalhos; na segunda, teve de servir por três anos como escravo. Nunca, porém, se queixou da sorte; fez o que tinha de fazer, da melhor maneira que pôde, e continuou seu caminho. Além de macho, era filósofo.

Quem o comprou como escravo foi a sedutora Onfale, rainha da Lídia, um reino bárbaro da

Ásia. Logo ficou claro que essa jovem viúva não queria Hércules por suas qualidades guerreiras; ambos se apaixonaram e viveram como marido e mulher. Então, começaram a chegar à Grécia boatos inquietantes sobre o herói: ele vivia cercado de jovens escravas seminuas, ajudando a rainha nos trabalhos do tear. Se ele rebentava o fio com seus grandes dedos desajeitados, ela o repreendia, batendo-lhe na mão com sua pantufinha de seda bordada – ao que ele respondia com sonoras gargalhadas. E pior ainda: às vezes ele trocava de roupa com a rainha! Onfale vestia a pele de leão e arrastava atrás de si o grande porrete, enquanto ele punha um turbante amarelo, uma mantilha de cor púrpura e um grande cinto prateado, que mal fechava na cintura. Os inimigos do herói se apressaram em anunciar: Hércules está acabado.

Enganaram-se, pois ele nunca afrouxou; enquanto viveu com Onfale, eliminou de forma implacável todos os salteadores que viviam em seu reino. Hoje, ao contrário, acusam-no de personificar a opressão masculina – o que é outro engano. Não veem que Hércules gostava mesmo da rainha e que fez exatamente o que um homem deve fazer: ajudou-a a fiar a lã, teve um filho com ela, protegeu-a, compartilhou fantasias. Era um homem como poucos, para quem o feminino não era ameaça, nem intimidação, nem objeto de desprezo, mas uma fonte estimulante de felicidade e alegria. Quando Hércules morreu, os deuses o aceitaram no Olimpo como mais um dos seus. Ele merecia.

UM MAU CONSELHEIRO

Os surpreendentes gregos achavam muito natural que Zeus, o deus supremo do Olimpo, respeitado e temido por sua justiça severa, fosse, ao mesmo tempo, um insaciável colecionador de amores clandestinos. Iludindo a vigilância sempre atenta de sua mulher, a bela e desconfiada Hera, Zeus tratava de namorar todas – deusas, ninfas, princesas e mães de família. Foram dezenas de amores paralelos, e Zeus, a quem não faltava imaginação, demonstrou toda a sua criatividade ao assumir as mais variadas formas em suas conquistas. Para seduzir Europa, a princesa fenícia que deu seu nome ao continente, transformou-se num belo touro branco. Para deitar com a formosa Leda, rainha de Esparta, assumiu o corpo de um alvíssimo cisne imperial, tantas vezes retratado pelos grandes pintores. Foi águia para possuir a ninfa Egina, foi sátiro para enganar Antíope; para fecundar a princesa Dánae, encerrada pelo pai numa torre de bronze, caiu no seu regaço como uma chuva de ouro. Chegar ao leito de Alcmena, a virtuosa mulher de Anfitrião, exigiu-lhe a suprema baixeza de assumir a forma humana do inocente marido.

Ora, num curioso diálogo escrito por Luciano de Samosata, um autor grego já da Era Cristã, Zeus acusa Eros, o Amor, de tê-lo obrigado a ser tantas coisas diferentes, exceto ele próprio. Seu lamento é humano e, portanto, atual: por que Eros o condena a disfarçar-se para atraí-las? Suas conquistas deixam-lhe um gosto amargo, pois, afinal, fica claro que elas amam, na verdade, o touro, ou o cisne, ou a águia, mas não ele próprio, de quem elas morrem de medo. Por que não pode ser ele mesmo, com a sua própria natureza? Eros, irônico, recomenda-lhe: se ele quer ser amado, deixe então de lado os raios, a couraça e o escudo, esqueça em casa sua pose imperial e trate de repartir ao meio o cabelo, prendê-lo com uma fita, vestir-se de púrpura, calçar delicadas sandálias douradas e andar movendo os pés como se estivesse ouvindo o compasso de flautas e tamborins. Aí, sim, todas correrão inflamadas para ele, porque essa é a imagem do novo homem que elas buscam.

Eros nada mais fez do que sugerir mais outro disfarce – afinal, qual a diferença entre adotar a máscara do homem novo, de um lado, ou de tigre, águia ou tatu? Se Eros não fosse o adolescente que é, teria dado um conselho mais sábio: que fosse para o Olimpo, tratar de resolver sua vida com Hera de forma adulta e madura, já que era ali, e não fora de casa, que o atribulado Zeus não conseguia ser ele mesmo. Agora, cá entre nós: quem é que recorre ao Amor em busca de um conselho sensato?

Àqueles que sabem ouvir

Melampo era um homem que sabia ouvir mais do que os outros. Um dia, quando ainda era jovem, os criados de sua casa mataram duas serpentes que haviam feito ninho num grande carvalho do pátio. Condoído, Melampo fez-lhes um funeral piedoso e passou a alimentar os filhotinhos que tinham ficado no ninho. Uma tarde, quando dormia à sombra fresca do carvalho, foi acordado pelas pequenas serpentes, que lambiam delicadamente seus ouvidos. "Você merece nossa gratidão", disseram elas – e ele se deu conta, maravilhado, de que podia ouvir e entender a voz dos animais.

Aconteceu que Bias, seu irmão, apaixonou-se por uma jovem cujo pai, inflexível, exigia como dote o famoso rebanho do rei Fílace. Melampo aceitou ajudar o irmão, mesmo sabendo que era muito arriscado. Como previa, foi preso pelos guardas, mas o rei, admirado com esse exemplo de amor fraternal, condenou-o a apenas um ano de prisão. No escuro de sua cela, numa noite, Melampo pôde ouvir os cupins que roíam as grossas vigas do teto: "Falta muito pouco para que tudo isso venha abaixo", diziam eles. Melampo convenceu os guardas a tirarem-no dali. No outro dia, quando o teto de sua antiga cela desabou, o rei ficou muito impressionado e mandou chamá-lo à sua presença; talvez ele soubesse como curar Íficlos, seu filho, que sofria de impotência.

Melampo aceitou o desafio; sacrificou duas reses gordas e ofereceu as carcaças para as aves de rapina. Escondido entre as folhagens, tratou de ouvir o que elas tinham a dizer; um velho abutre comentou com os mais jovens que ele há muitos anos não via tanta abundância assim nas terras de Fílace – desde a última vez em que o rei tinha promovido uma castração dos machos de seu rebanho. Naquele dia, o filho, ainda menino, ao vê-lo com as mãos ensanguentadas, jogando para os abutres os testículos de carneiro, deu um tal grito de pavor que o pai escondeu a faca, cravando-a na cortiça de uma árvore, e correu para acalmá-lo. O dano, no entanto, estava feito; a cortiça cresceu em volta da lâmina, escondendo-a quase completamente, e a ninfa que habitava aquela árvore, machucada e ofendida, tinha jurado que o menino ficaria enfeitiçado até que tirassem a faca dali. Estava desfeito o enigma; Melampo removeu a lâmina, raspou um pouco de sua ferrugem e a misturou com vinho; Íficlos bebeu e curou-se de seu mal, gerando todos os filhos que quis. Sorte a dele, que encontrou, para ajudá-lo, alguém como Melampo, que sabia ouvir essas vozes inaudíveis que sussurram à nossa volta, que falam desses segredos esquecidos que vão tolher nossas vidas enquanto não vierem à luz.

A BOA DISTÂNCIA

Os gregos, que tudo viram, já tinham compreendido que a boa intenção dos pais nem sempre faz o filho mais feliz. Esopo, por exemplo, que contava histórias de animais para melhor falar de nós, os mamíferos humanos, tem uma fábula cruel que deveria ser lida pelos filhos, para os pais, na hora de dormir: dizem que a macaca sempre tem dois filhotes de cada vez; enquanto um é o preferido, o protegido, que ela cuida com todo o amor, o outro é deixado em segundo plano, mais entregue à própria sorte. No entanto, curioso é o desígnio dos deuses: na maioria das vezes, o primeiro, de tanto carinho e proteção, termina morrendo sufocado pelos abraços excessivos da mãe, enquanto o outro macaquinho, ao contrário, consegue crescer sem maiores problemas.

Essa necessidade vital de afastar-se do filho para deixar que ele cresça aparece de novo em Pausânias, na história que ele conta para explicar uma bela estátua que existia nos arredores de Esparta: quando Ulisses, futuro herói da Guerra de Troia, conquistou a mão de Penélope, que era uma das princesas de Esparta, realizou-se o casamento com o consentimento do rei. Terminadas as festividades, na hora de partir, Ulisses acomodou todo o enxoval da esposa num pesado carro de bois, sentou Penélope a seu lado e tomou o rumo de casa, em Ítaca. No entanto, o pai de Penélope, Icário, que desejava ardentemente que os recém-casados ficassem morando com ele, não se conformou com a partida e saiu atrás deles, acompanhando o carro, que se movia lentamente, expressando o seu desconsolo e suplicando à filha que ficasse. Ulisses foi ouvindo pacientemente aquelas manifestações de amor paterno, até que, finalmente, fez parar o carro, voltou-se para Penélope e pediu-lhe que decidisse: ou ela ia com ele, de espontânea vontade, ou voltava para a casa do pai. Penélope ouviu em silêncio, e sua única resposta foi aconchegar-se mais ao marido e cobrir o rosto com o véu, fazendo Icário entender que ela não iria voltar para Esparta. Por isso, conta Pausânias, o rei fez erguer naquele lugar uma estátua em homenagem a Aidos, a deusa do respeito e da reverência, porque ele percebera, com o gesto de Penélope, que ela tinha chegado àquele ponto da estrada em que a infância fica para trás e nasce uma nova pessoa. Ele agora sabia o que a macaca da fábula nunca iria compreender: que chega o dia indispensável em que os filhos precisam partir, afastar-se da família, num segundo nascimento, e que cabe aos pais, como fez Icário, celebrar esta dolorosa separação que, por paradoxal que pareça, é feita por puro amor.

O Pomo da Discórdia

E dizer que a lendária Guerra de Troia começou por uma simples disputa de beleza entre as deusas do Olimpo, numa festa de casamento! Enquanto os imortais se divertiam, Éris, a deusa da Discórdia, que naturalmente não tinha sido convidada, resolveu acabar com a alegria alheia: conhecendo as mulheres de seu tempo, lançou por sobre o muro uma linda maçã, toda de ouro, com a inscrição "à mais bela". E mais não precisava: imediatamente Hera, Afrodite e Atena começaram a disputá-la, intimidando todas as demais presentes em busca do cobiçado título. Quem recebeu a espinhosa missão de julgar foi Páris, filho do rei de Troia, belo e vaidoso como elas. O resto da história é sabido: sua recompensa por escolher Afrodite foi o amor de Helena, casada com o rei de Esparta; ela fugiu com Páris para Troia, os gregos marcharam contra os troianos e a famosa maçã passou a ser conhecida como "o pomo da discórdia".

Séculos mais tarde, ainda sob o céu azul da Grécia, pescadores de Mileto encontraram em suas redes uma belíssima taça de ouro; consultado, o oráculo de Delfos disse que a taça deveria ser entregue "ao mais sábio". Sem hesitar, levaram-na ao famoso Tales, que, no entanto, recusou-a com modéstia, passando-a a outro que ele considerava ainda mais sábio. Este passou a outro, e este a outro, até que o último dos sete sábios mandou a taça de volta ao mesmo Tales, que terminou sendo duas vezes escolhido. Para evitar que tudo recomeçasse, então, acharam melhor depositar a taça no templo de Apolo – e estava resolvida a questão.

Se o oráculo tivesse ordenado que a taça fosse entregue "ao mais belo", tenho certeza de que os sete sábios teriam se comportado com a mesma modéstia e dignidade; falo com segurança porque eles eram homens, como eu, e vivo confessando que o homem pouco evoluiu, na sua trajetória da caverna ao apartamento de cobertura (algumas mulheres, aliás, juram que o homem é o mesmo troglodita de sempre). Quanto à mulher... Bem, essa mudou muito nesses últimos três mil anos. No distante passado grego, se a maçã de Éris fosse endereçada "à mais sábia", a Guerra de Troia não teria ocorrido e a maçã teria sido desprezada (ou entregue à mais feinha). Hoje, no entanto, pelo pouco que sei das mulheres com quem compartilho este pequeno planeta, aposto que este título seria disputado com tanto ou mais interesse que o outro, porque a deusa moderna também faz questão de ser sábia. E magra, é claro.

O pássaro e a gaiola

É uma das cenas de maior erotismo em toda a mitologia. Destinada ao sacrifício, a princesa Andrômeda está acorrentada a um rochedo batido pelas ondas. Completamente nua, a não ser pelo colar que traz no pescoço, ela aguarda, ofegante, o ataque do monstro marinho que virá colher sua vida. Neste momento, risca o céu claro da manhã o heroico Perseu, que voa com as sandálias aladas que o deus Hermes lhe emprestou. Ao avistá-lo, lá em cima, Andrômeda não faz gesto algum para atraí-lo, nem grita por seu socorro; talvez retorça-se um pouco mais sob os grilhões, comprimindo a carne delicada contra o negro rochedo lambido pelo mar; talvez corrija um pouco a posição do corpo para que a luz do sol atinja as esmeraldas, que brilham agora sobre sua pele alva. Uma leve brisa agita os seus cabelos, e os lindos olhos da princesa, inundados de lágrimas silenciosas, erguem-se para Perseu, fulminando-o em pleno voo. Ele não resiste, como, aliás, ninguém resistiria; é uma imagem tão poderosa que, nos séculos que vão se seguir, dezenas de pintores e poetas (todos homens, é claro) vão tentar reproduzir o fascínio daquela cena. Perseu desce e pergunta por que ela está ali. Andrômeda parece envergonhada, e taparia o rosto com as mãos, se não estivesse acorrentada. Perseu insiste, carinhoso, e ela, entre lágrimas, conta o seu triste destino ao nosso herói, que já está apaixonado. Todos, até o rochedo, pressentem o inevitável: ele vai enfrentar o monstro e desposar a bela Andrômeda, que também já gosta dele; ainda não sabem, mas vão formar um dos raros casais felizes de todos os mitos gregos.

E hoje, onde estarão os Perseus e as Andrômedas? Não há mais lugar para eles, pois muita coisa mudou entre o homem e a mulher. Ela agora também é sujeito da História, e defende o seu direto a uma vida própria e a uma profissão com o mesmo ardor com que recusa aquele ingênuo papel de vítima indefesa. Ele, coitado, ao ver crescer a seu lado essa destemida guerreira, perdeu sua pose de herói e foi murchando aos pouquinhos; acorrentou-se ao rochedo da dúvida e da hesitação e deixou o mar levar sua coragem e ousadia. Pior para ele, diria a amiga leitora; pior para ambos, diz a voz da experiência, porque não são poucas as vezes em que ela gostaria de poder sentir-se frágil, de ser salva e protegida, de ser abraçada por um homem que lhe diga que tudo vai se resolver e que o monstro não é tão feio assim – porque, no fundo, embora queira ser livre como um pássaro, ela também quer uma gaiola, cuja porta fique sempre aberta para quando ela tiver vontade de entrar.

A Troia de cada um

No Natal de 1829, o pequeno Heinrich Schliemann ganhou uma bela História Universal ilustrada para crianças. Ao ver a impressionante gravura que representava a tomada de Troia pelos gregos, perguntou onde ficava aquela cidade fabulosa; o pai, sorrindo, informou-lhe que tudo não passava de uma lenda contada pela *Ilíada* de Homero. O menino de nove anos não se conformou: "Não pode ser. Um dia eu vou encontrar os restos desta cidade".

A partir deste dia, a *Ilíada* tornou-se sua companheira inseparável; sempre com ela na cabeça, trabalhou vários anos no comércio, viajou pelo vasto mundo, ganhou muito dinheiro com o ouro da Califórnia e ficou rico com a Guerra da Crimeia. Em 1868, quatro décadas depois, ele pôde dedicar-se a seu sonho. Como acreditava que todas as referências geográficas de Homero eram verdadeiras, Schliemann foi afunilando a sua pesquisa até chegar a Hissarlik, na Turquia. Ali deviam estar as ruínas de Troia, dentro de uma colina verdejante separada do mar por uma larga planície, certamente a mesma onde gregos e troianos tinham lutado por dez anos inteiros.

Convencido de que precisava de uma companheira para a grande empreitada, passou a procurar uma esposa que fosse grega, jovem, órfã e que apreciasse Homero. Dentre as várias candidatas, sobressaiu-se Sophia Ergastromenos, dona de todas essas qualidades e de outras mais; ela o acompanhou pelo resto da vida, trabalhando nas escavações, compartilhando suas vitórias e vindo a escrever, mais tarde, a sua biografia oficial. Em Hissarlik, Schliemann acabou descobrindo não uma, mas sete cidades enterradas na colina, umas sobre as outras, em camadas sucessivas que atravessavam vários milênios de história. Schliemann definiu uma delas como sendo a Troia de Príamo, de cujas muralhas a bela Helena deve ter assistido à guerra que ela própria causou.

Ao apresentar ao mundo as riquezas que pertenciam ao tesouro de Príamo, ele ganhou celebridade instantânea e o ódio dos arqueólogos, que até hoje contestam o seu sucesso. Dizem que ele escolheu as ruínas erradas, destruiu vestígios importantes e inventou registros falsos em suas anotações. E daí? Ele teve fé em Homero – que é o mesmo que fé na infância – e encontrou sua Troia, cumprindo assim a promessa que um menino fez a seu pai. Quem o entendeu mesmo foi

Freud, o arqueólogo da alma humana, que disse invejar este homem que, junto com o tesouro de Príamo, tinha encontrado a rara felicidade de realizar o sonho de uma vida toda.

Escrito na cera

Depois que o homem começou a escrever, ele nunca mais parou. Milhões, bilhões de linhas foram traçadas em toda e qualquer superfície que fosse aproveitável – do bronze à casca das árvores, do mármore ao pergaminho –, numa luta incessante para salvar os fatos da morte por esquecimento. No entanto, no mundo grego e romano, poetas e colegiais preferiam a fascinante tabuinha de cera, exatamente por não ter a permanência dos outros materiais. Ela tinha o tamanho de um livro de bolso e era dotada de uma moldura saliente em toda a sua volta, como se fosse uma bandeja muito rasa; ali se vertia a cera derretida, que, ao solidificar-se, formava uma superfície lisa e regular, pronta para receber o texto. As letras eram traçadas com uma ponteira aguçada; com uma pequena espátula, alisava-se novamente a superfície para corrigir erros ou fazer retificações. Para apagar tudo, bastava raspar toda a cera, derretê-la e voltar a recobrir com ela a tabuinha. Versátil e renovável, era a forma mais adequada para o exercício, a tentativa e o rascunho.

Não foi por acaso que poetas e filósofos escolheram essas tábuas para simbolizar a memória. Sócrates, do diálogo com Teeteto, sugere que nosso espírito seja dotado de tabuinhas desse tipo, em que inscrevemos as percepções e os pensamentos que desejamos guardar; tudo o que está ali será recordado enquanto perdurar sua imagem na cera, mas o que for apagado ou não puder ser inscrito nunca mais vai ser lembrado.

Esta comparação da memória com um sistema de registro, contudo, terminou nos acostumando à curiosa ideia de que o passado que guardamos é concreto e imutável. Parece até que esquecemos que esta cera macia que contém nossas lembranças pode ser corrigida, emendada ou até derretida; afinal, como nos ensina Jorge Luis Borges, que é um grande perito no assunto, "o passado é uma matéria muito, muito maleável"... Se não posso mudar um fato que já ocorreu, posso, no entanto, rever a qualquer momento a forma como eu o registrei e o valor que lhe atribuí, pois não passam de rascunhos ou de meras anotações. Minha vida não é uma narrativa cujo fim vai depender de como ela começou; o meu dia de hoje não precisa ser a consequência necessária dos dias que já vivi, pois não estou à mercê do que fui – ou, pior ainda, daquilo que penso ter sido. Sou eu o único autor deste texto, que releio e reescrevo à medida que progrido, mudando o peso das partes e alterando o enredo quantas vezes eu quiser – até o seu ponto final.

O choro de Ulisses

Faz dez anos que a Guerra de Troia terminou, e Ulisses ainda vaga pelos mares, longe de casa e da família. Depois de enfrentar mil perigos e armadilhas dos deuses adversos, ele finalmente chega, exausto e sozinho, à aprazível ilha dos Feácios, a poucas horas de sua adorada Ítaca. Desconfiado, não revela seu verdadeiro nome a ninguém, mas eles o acolhem sem maiores perguntas; para animar o banquete de boas-vindas, chamam Demódoco, o famoso cantor cego, que naturalmente se põe a narrar a glória dos guerreiros que lutaram em Troia e lá perderam a vida. Ao ouvir seu próprio nome e o de seus companheiros, Ulisses não consegue conter a emoção: com suas fortes mãos, conta-nos Homero, ele pega seu pesado manto púrpura e com ele cobre a cabeça e esconde a face, a fim de que não vejam as grossas lágrimas que correm de seus olhos. O cantor faz uma pausa; Ulisses enxuga o rosto e descobre a cabeça, só para, minutos depois, voltar a cobri-la, assim que a história recomeça. Ulisses agora soluça tanto que o rei Alcino, condoído de sua tristeza, despacha Demódoco e manda servir o jantar. Alguns apontam esta controvertida passagem do canto VIII da *Odisseia* como mais um argumento de que o poema teria sido escrito não pelo velho Homero, mas por uma mulher. "Um homem", alegam eles, "não poria um herói a chorar assim como um bezerro".

Ora, quem é que disse que, para os gregos antigos, valia o preceito de que homem que é homem não chora? Quem tem um mínimo de cultura sabe que existem vários modelos masculinos, que vão diferir segundo a época, a classe social, a raça ou a idade. Em muitos deles, o homem tem todo o direito de chorar como uma madalena arrependida; em outros, ele morre seco mas não se entrega. Hoje e aqui, abaixo do Trópico de Capricórnio, embora alguns homens estejam "amolecendo", chorar em público ainda é coisa de fêmea. E se explica: em todos os tempos, a receita para ser homem sempre foi ser o mais diferente possível da mulher. O candidato a homem vive olhando para elas, aprendendo assim o que não deve fazer. Mulher chora? Então homem fica com o olho seco. Mulher faz comida? Então o homem se gaba de não fazer nem ovo cozido. Mulher cuida de bebê? Então o homem é tão desajeitado que o bebê começa a berrar. O masculino passa a ser tudo aquilo que não é feminino; pode parecer uma lógica simplista, mas ela é clara e traz segurança. O problema é que este raciocínio por exclusão terminou tirando dos homens muitas coisas que eles gostariam de fazer, porque elas escolheram primeiro, e eles estão agora dispostos a rever essas opções: admitem cozinhar, cuidar dos filhos, chorar no cinema, e coisa e tal – mas com cautela, vagarosamente, para não espantar aquelas que acham, radicais, que eles deveriam se comportar como homens e parar com essas frescuras.

É SEMPRE O MESMO NAVIO

Conta uma lenda terrível que a cidade de Atenas tinha sido condenada a entregar, a cada nove anos, sete rapazes e sete moças, escolhidos pela sorte, para desaparecer para sempre no labirinto do Minotauro, no reino de Creta. Um dia, no entanto, Teseu, o filho do rei de Atenas, ofereceu-se como voluntário para integrar o grupo de jovens que iria para o sacrifício. O desfecho nós sabemos: Teseu, com a ajuda apaixonada da filha do rei de Creta, venceu o enigma do Labirinto e matou o Minotauro, para a alegria de todos e o encantamento de Jorge Luis Borges, que nunca deixou de escrever sobre o tema.

O navio em que Teseu voltou, trazendo os jovens a salvo, tornou-se sagrado para o povo ateniense. É Plutarco quem conta: por mais de trezentos anos, até o reinado de Demétrio, a embarcação do herói foi conservada como relíquia. À medida que o tempo ia roendo as velhas pranchas carcomidas, os atenienses as substituíam por pranchas novas e sólidas; dessa forma, peça por peça, o navio terminou sendo completamente renovado. Essa história dividiu os filósofos gregos em dois grupos opostos: para uns, o navio ainda era o mesmo; para outros, o navio original tinha virado, com tantas substituições, apenas uma cópia. Os primeiros então os desafiavam a dizer em que momento preciso o original teria passado a ser cópia, enquanto estes perguntavam aos primeiros o que aconteceria se os pedaços retirados tivessem sido utilizados na construção de outro navio igual – Teseu teria agora dois navios, em vez de um?

Eu, como os primeiros, digo que era sempre o mesmo navio. Aprendi essa lição ao olhar, numa foto da infância, o menino que já não sou: ganhei peso e altura, perdi aquele sorriso que eu tinha e meu rosto agora ostenta, além de áspera barba, as marcas de toda a vida. Sei que minhas células se renovam, que meu corpo já trocou várias vezes de pele e de esqueleto, e que provavelmente todos os átomos com que nasci já foram substituídos – mas sei que ainda sou o mesmo. Assim como o navio de Teseu, tenho alguma coisa que se mantém, apesar de todas essas trocas e remendos, algo que faz de mim mais do que uma simples coleção de partes renováveis: é a lembrança da minha vida, em parte verdadeira, em parte inventada, este roteiro de que sou o autor e o personagem, esta história que eu reviso incessantemente e que tem o dom de reunir tudo o que fui e o que sou – a célula, o menino e o homem –, esta narrativa que vou contar a mim mesmo até o silêncio final.

Os deuses não querem críticas

Contam que Atena, a filha de Zeus, concebeu a ideia de fazer uma série de furos na haste oca de um osso, criando assim uma flauta muito mais melodiosa que a rudimentar flauta dos pastores. Contudo, ao ver seu rosto refletido na água calma de um riacho, enquanto tocava, preferiu jogar sua invenção nas urtigas, declarando que o esforço de soprar o instrumento deixava seu rosto muito feio. Entenda-se: naqueles tempos longínquos, as mulheres ainda davam mais valor à aparência do que aos dotes artísticos.

Quem encontrou a flauta abandonada foi um ingênuo sátiro, Marsias, que logo aprendeu a extrair dela os sons mais sutis e harmoniosos. Todos que o ouviam ficavam encantados, e imprudentemente começaram a compará-lo ao próprio Apolo, o deus da Lira. Um dia, o inevitável confronto ocorreu, e as Nove Musas, que faziam parte do júri, deram a vitória a Apolo, o qual, impiedosamente, pendurou Marsias numa árvore e esfolou-o como a uma ovelha, arrancando-lhe toda a pele. O desastrado rei Midas, aquele mesmo que transformava em ouro tudo o que tocasse, também fazia parte do júri e achou o resultado injusto: sem se intimidar, declarou que, na sua opinião, a música de Marsias era melhor. O terrível Apolo, então, olhou-o com desdém e sentenciou: "Vais ter orelhas que combinam com esse tipo de opinião" – e o pobre Midas foi brindado, para sempre, com um par de longas e peludas orelhas de burro, para que todos soubessem que Apolo o julgava um imbecil.

No início do século 17, Francis Bacon interpretou essa história como uma metáfora da falibilidade do ser humano, que não conseguiria, com sua mente e seus sentidos imperfeitos, compreender a harmonia e a sabedoria divinas. Hoje, tenho certeza de que ele veria uma clara referência ao que está acontecendo por aqui: as figuras de nosso esquálido Olimpo não admitem mais a opinião dos jurados! Aos que o criticaram, Fernando Henrique classificou de "neobobos". Ciro Gomes, sempre traído pelas palavras, chamou o eleitor de "burro", mesmo, enquanto Antônio Brito, gaúcho ecológico, falava nos "micuins". Lula e o seu séquito acusaram de preconceituosos os que acharam indecente um homem público aceitar um vinho de seis mil reais, e só não esfolaram a trêmula Regina Duarte porque vozes como as de Chico Buarque e Paulo Autran vieram lembrar-lhes que numa democracia todos podem expressar suas opiniões, mesmo que Apolo não goste. Pois agora, como em qualquer eleição, os jurados voltam às urnas – e que nenhum deusinho destronado se ponha a chamar de "burra" a decisão que o voto mostrar.

TIRANDO A MÁSCARA

No teatro grego clássico, os atores ficavam mascarados durante todo o tempo em que estivessem em cena. As máscaras permitiam que um ator representasse, numa mesma peça, vários papéis diferentes – jovem ou ancião, guerreiro ou heroína (a tradição grega só admitia homens no palco). Com desenho muito simples, com buracos para a boca e para os olhos, elas expressavam sentimentos básicos como alegria, medo ou ira, permitindo que o estado de espírito do personagem fosse captado por todos os espectadores, mesmo os das últimas fileiras. Essas máscaras passaram da Grécia para Roma, onde eram chamadas de "persona", de onde veio o nosso vocábulo "pessoa". Ora, o fato de sermos, etimologicamente, tanto máscara quanto pessoa ajudou-nos a alimentar uma fantasia corrente: por trás das máscaras que usamos, que não passam de aparência, estaria escondida a nossa essência profunda – "o meu verdadeiro eu", como se diz por aí, naquela linguagem esquisita dos gurus da TV e das revistas femininas, que recomendam, solenes: "Seja você mesmo!" – como se alguém pudesse ser outra coisa além dele mesmo, e como se aquela máscara pertencesse ao seu vizinho.

Embalados por esta ilusão, passamos a nos imaginar como um texto cujo sentido verdadeiro não é aquele que aparece. Não sou este que me olha no espelho, mas outro, muito melhor, que está por trás disso tudo e que, um dia, vai se manifestar! Não sou este texto banal, às vezes meio confuso, cheio de emendas e garranchos, que as pessoas leem com indiferença. Não! Sou muito mais: por baixo desta tinta comum, esconde-se uma obra-prima escrita na tinta mágica da minha infância – limão e clara de ovo –, que vai terminar aflorando, para encanto de todos! Quem dera! Sem querer ser antipático, lembro o que aconteceu com o pai de Tristam Shandy, no romance homônimo de Sterne: leitor fervoroso de Erasmo, o grande humanista do Renascimento, ele estranhou ao encontrar uma passagem completamente banal sobre a forma dos narizes. Leu-a, releu-a, trouxe-a mais para a luz, voltou a reler, em busca do sentido profundo que decerto estava ali; como não achava nada além da obviedade, aproximou-a do calor da vela, suspeitando de tinta secreta: nada! Desesperado, tirou um canivete do bolso e pôs-se a raspar o papel, para ver se não tinha outro texto por baixo da tinta preta – em vão; o texto era aquele, a mensagem era aquela. Nós também, caro leitor, somos como aparecemos. Quem tentar tirar a máscara, vai ver que ela não sai.

Uma vida a dois

Para a Celia e o Lauro

Um dia, Zeus resolveu verificar pessoalmente se os mortais estavam seguindo as leis da hospitalidade. Ele e Hermes, o mensageiro dos deuses, disfarçaram-se de simples caminhantes e lá se foram, a percorrer as terras da Frígia, batendo de porta em porta. Pediam comida e abrigo, mas só encontravam recusa, e Zeus decidiu castigar aquela gente mesquinha com um gigantesco dilúvio. Antes de ir embora, porém, chegaram à pobre choupana onde moravam Fílemon e sua querida Báucis, um casal de velhos camponeses; ali, para seu espanto, foram acolhidos com todo o calor da bondade humana. Os velhos acomodaram os visitantes nos únicos bancos da casa e foram tratar da comida, juntando tudo o que tinham. Fílemon avivou o fogo e pôs uma panela a ferver, onde Báucis deitou alguns legumes da horta e o último naco de toucinho. Em seguida, levou para a mesa um rude prato de barro com azeitonas e queijo, e Fílemon encheu um jarro com o pouco vinho que sobrava, diluindo-o com água para que rendesse um pouco mais – e faziam tudo isso com alegria, aproveitando cada passo para se entreolhar com todo o carinho, deixando Zeus encantado com a felicidade dos dois.

Quando o cozido fumegante foi trazido para a mesa e os caminhantes começaram a comer e a beber com apetite, os dois velhos perceberam que o jarrinho de vinho voltava a encher até a borda, por mais que dele tomassem; recuaram, então, respeitosos, porque isso só podia indicar que algum deus tinha entrado em sua casa. Zeus os tranquilizou: ia mandar um dilúvio para punir todos os seus maus vizinhos, mas queria que eles se refugiassem no alto da montanha. Além disso, por serem pessoas assim tão especiais, dava-lhes o direito de pedir o que quisessem. Os dois confabularam, em sussurros, e pediram que sempre pudessem viver um com o outro, como tinham feito até aquele dia. Zeus concordou; inundou toda a região, e só os dois sobreviveram. E um dia, quando os dois conversavam, sentados ao solzinho de um fim de tarde, sentiram que estavam criando raízes, e viram um ao outro cobertos de verde folhagem: sua hora tinha chegado, e Zeus, fiel à promessa, transformou-os numa tília e num carvalho com os troncos entrelaçados – duas árvores diferentes, mas unidas para sempre, a coisa mais linda de ver. Contam que, por séculos a fio, vieram pessoas de longe admirar esse monumento que Zeus deixou para os homens, para lembrar que o segredo de uma vida a dois é crescerem ambos juntos, mas cada um em seu tronco – ela, tília; ele, carvalho. Esses, sempre felizes, nunca vão deixar de abrir quando a vida bater à porta.

Seguindo a maré

Foi Heródoto, o grande historiador grego, quem melhor descreveu a infinita soberba de Xerxes, o imperador persa que pretendia anexar as férteis terras da Europa a seus domínios, a fim de formar o maior império do mundo. Para que seus imensos exércitos atravessassem o estreito do Helesponto (o atual Dardanelos), mandou seus engenheiros construírem uma ponte flutuante no mar, apoiada sobre navios, com mais de um quilômetro de extensão. Quando ela estava pronta, no entanto, uma súbita tempestade revolveu as águas do estreito e pôs a pique a ponte e as embarcações. Furioso com essa audácia, Xerxes mandou aplicar trezentas chibatadas ao oceano e lançar-lhe um par de grilhões; não satisfeito, mandou marcar o mar com um ferro em brasa, enquanto um arauto lia, voltado para as águas, o seu pronunciamento indignado: "Onda traiçoeira, o teu senhor assim te pune porque o ofendeste, sem que ele te houvesse dado motivo para isso. O rei Xerxes passará por ti, quer queiras, quer não. É com razão que ninguém te oferece sacrifícios, pois és um mar infame e vil".

Muito longe dali, e muitos séculos depois, o famoso Canuto, rei da Dinamarca e da Inglaterra, cansado de ouvir seus aduladores dizerem que não havia poder como o dele, resolveu dar-lhes uma lição. Caminhando um dia pela praia, talvez diante das mesmas ondas que, há mais de mil anos, tinham ouvido o discurso de Xerxes, mandou que trouxessem seu trono e o colocassem na linha em que a água encontra a terra. Ali, sentado, franziu o cenho – talvez escondendo o riso – e dirigiu-se ao mar: "Tu pertences a mim, assim como a terra sobre a qual me encontro, que também é minha. Eu sempre puno a quem me desobedece. Eu te ordeno, portanto, que não avances mais um dedo na minha terra, nem ouses molhar minhas pernas e minhas roupas reais". Mas o mar, ao que parece, ainda não tinha aprendido a lidar com soberanos e continuou a subir, encharcando o trono e as roupas do rei, que teve de fugir da maré montante, diante dos olhares consternados de seus súditos. Canuto então proclamou, alto e bom som, que ali estava um poder maior que o de qualquer rei deste mundo, e seus súditos perceberam que tinham no trono um verdadeiro sábio, porque ele, ao contrário do persa, tinha serenamente entendido que não cabe a nós, pobres mamíferos, decidir o curso do mar e dos ventos, e que só seremos reis quando abandonarmos esse desejo insensato de controlar a tudo e a todos, e soubermos seguir a maré, distinguindo o que depende de nós e o que depende dos outros.

DEZ A UM!

A propósito do Dia Internacional da Mulher, conto uma edificante historinha grega: certo dia, Zeus, o chefe supremo dos deuses, provocou uma grande discussão com Hera, sua esposa, ao afirmar que o prazer da mulher era muito mais intenso que o do homem. Para decidir a disputa, resolveram então chamar Tirésias, que tinha vivido sete anos transformado em mulher e que era, portanto, a única autoridade confiável no assunto. O coitado sabia que não devia meter-se nas brigas do casal divino, mas não tinha como escapar; por isso, numa voz que eu imagino trêmula, ele resignou-se a falar a verdade: "De dez partes, o homem aproveita apenas uma, enquanto a mulher aproveita todas as dez em seu coração". Hera, furiosa de ver assim posta à luz a superioridade feminina, cegou o pobre Tirésias, para ele aprender a não enxergar demais.

Parece que os gregos, na sua incomparável sabedoria, reconheciam exatamente o que nós, homens, temos tratado de esconder ao longo da nossa história: perdemos para a mulher de dez a um, e vivemos assombrados com essa superioridade. Freud sabia muito bem disso; quando uma amiga lhe observou que o homem tem medo da mulher, limitou-se a replicar, com naturalidade: "E ele tem razão". Não que ela seja má e destrutiva; a malícia de Eva, a maldade das feiticeiras, a mulher fatal, a devoradora de homens, tudo não passa de fantasias que o homem criou para esconder seu temor. A mulher assusta é por sua beleza, seus partos, seus orgasmos, sua facilidade em ler todas aquelas linguagens para as quais somos cegos e surdos, e, acima de tudo, sua invejável capacidade de ser. Para compensar, fazemos guerras, erguemos pirâmides, criamos religiões cujo ser supremo é Ele (e não Ela), descobrimos Américas, fazemos o diabo a quatro – e elas ali, só olhando. Nós fazendo, e elas sendo; não admira que o escore seja esse acachapante dez a um.

É evidente que a mulher pagou um preço terrível por isso: na história da humanidade, quanto maior foi este medo, tanto mais a mulher foi oprimida. O folclórico dr. Johnson, misógino de carteirinha, ao menos teve a coragem de admitir, já no século 18: "A natureza deu tanto poder às mulheres, que a lei, muito sabiamente, deu-lhes muito pouco". Portanto, minhas amigas que me perdoem: as conquistas jurídicas e sociais que elas vêm fazendo se devem, principalmente, a nós, homens, que estamos criando mais coragem. Numa boa.

Os portais do sonho

Um velho poeta grego costumava exaltar nosso incrível privilégio de ser cidadãos de dois mundos. Todos os dias, sem esforço, passamos da vigília para o sonho, com tempo e paisagem tão distintos, e ali, onde somos ilimitados, podemos nos comunicar com nossos amigos distantes, com nossos mortos, com os anjos e os demônios que habitam dentro de nós. Nada mais natural, portanto, que desde nossa primeira caverna tenhamos tentado entender o que dizem essas vozes que ouvimos dormindo. Uns procuraram até fazer disso uma ciência exata; Artemidoro de Éfeso, por exemplo, ficou famoso por sua habilidade de explicar os sonhos, deixando diversos escritos sobre a arte de interpretá-los. As impressionantes descobertas que fez nesta ciência deram-lhe sólida reputação: afinal, foi ele o primeiro a determinar, depois de muita pesquisa, que um viajante, quando sonha que perdeu a chave de casa, está sendo avisado de que sua filha mais nova caiu nos braços de um sedutor barato, e ainda por cima egípcio...

Outros, um pouco mais sabidos, percebendo a imprecisão da linguagem que tentavam interpretar, decidiram que só alguns sonhos eram aproveitáveis. Homero nos conta este mito engenhoso: os sonhos chegam ao nosso mundo passando por dois portais bem distintos; os que entram pelo portal de chifre são proféticos e anunciam fatos reais; os que entram pelo portal de marfim são enganadores e terminam dando em nada. É que uma lâmina de chifre, depois de polida, fica translúcida e deixa entrever a verdade; o marfim, por outro lado, é sempre opaco e nada revela. Esse mito não eliminava para o intérprete a dificuldade de distinguir os falsos dos verdadeiros, mas ao menos, com o desenrolar dos acontecimentos, o sonhador ficava sabendo por qual dos dois portais o seu sonho tinha passado – o que já era um consolo.

Essa bonita metáfora teve a sua serventia enquanto se acreditou que os sonhos eram avisos que recebíamos de fora. Terminamos descobrindo, porém, que eles nascem dentro de nós, que eu próprio sou o autor desta mensagem noturna que acabo enviando a mim mesmo. Haverá algum sonho que não diga nada sobre mim, que não carregue um significado, que não esteja passando algum sentido de um lugar para outro? Não creio. Três mil anos depois de Homero, ainda não sabemos muito bem o que eles querem dizer, mas sabemos, com certeza, que nenhum deles nos chega pelo portal de marfim: todos são verdadeiros.

Um prato que se come frio

Ninguém se compara aos autores gregos quando se trata de descrever vinganças terríveis. Na *Ilíada*, Aquiles, o grande herói da Guerra de Troia, quer vingar a morte de seu amigo querido, abatido por Heitor. Desafia-o para um combate singular, mata-o com facilidade e, não satisfeito, começa a profanar selvagemente o cadáver, infligindo-lhe todas as humilhações imagináveis – e só decide parar quando Príamo, o alquebrado rei de Troia, vai procurá-lo, chorando, implorando que lhe devolva os restos do filho. Na peça *Medeia*, de Eurípedes, a heroína vai muito mais longe em sua sanha: para vingar-se de Jasão, que a trocou por uma princesa tola, vaidosa e bem mais jovem, Medeia termina matando os próprios filhos! É horrível, mas fascinante; para fazer o marido sofrer, ela comete uma loucura que a maioria das mulheres teria medo até de imaginar...

Afinal, vingança é algo que todo o mundo entende. Alguma coisa ancestral me sussurra ao ouvido que preciso causar um dano a meu ofensor que me dê uma satisfação superior ao desagravo que sofri. O homem antigo não tinha por que resistir ao que essa voz comandava: exercia sua vingança diretamente sobre o outro, sobre o corpo do outro, sobre os despojos do outro e, se tivesse cachorro, sobre o cachorro do outro. Sob o signo do Novo Testamento, contudo, dois milênios de civilização acabaram tornando esse tipo de vingança ilegal e condenável, mas isso não significa que esse impulso tenha desaparecido ou que tenhamos ficado indiferentes a esse refinado prazer. Vingar-se continua sendo algo muito bom; apenas encontraram-se novos meios, mais produtivos, mais sofisticados e até mais saudáveis. O caminho está numa frase de George Herbert, um poeta contemporâneo de Shakespeare, que apenas soube expressar o que já era consenso entre os sábios: "A melhor vingança é viver bem". Quero acertar as contas com alguém? Então, em vez de lhe fazer algum mal, trato de fazer o bem a mim mesmo; minha vida vai ficar melhor, enquanto a inveja se encarrega de tornar a dele miserável. Minha vingadora vai ser aquela tristeza que eles sentem com a alegria dos outros, a mesma que atormentava o grande general grego Temístocles: ele não podia dormir só de pensar nos troféus conquistados por Milcíades, seu rival, grande vencedor da batalha de Maratona. Como Heine, eu me contento com pouco: cabana modesta, telhado de palha bem simples, mas uma boa cama, leite e manteiga frescos; em frente à porta, uma bela e frondosa árvore. E se os deuses quiserem me fazer completamente feliz, vão me dar a alegria de ver seis ou sete de meus inimigos nela pendurados.

Vivendo no Inferno

Por uma curiosa afinidade, cristãos e muçulmanos, inimigos em tantas cruzadas, concordavam ao descrever o Inferno como um cenário de incêndio, onde as almas danadas se retorcem como gravetos na brasa. Um dos nossos maiores prosadores do século 17, o padre Manuel Bernardes, fala com horror daquele "cárcere profundíssimo, aquela fornalha toda acesa, ondeando em labaredas terríveis". O Islã também assusta o descrente com suas sete camadas do inferno, com suas mil montanhas de fogo. Num e noutro, o castigo é agravado por um fator torturante: o condenado tem a infinita eternidade para gritar de dor, pensando sempre que poderia estar longe dali, se tivesse escolhido o bom caminho, nos poucos anos que passou na Terra.

Comparado a essa câmara de torturas, o Inferno dos gregos poderia assemelhar-se, à primeira vista, a uma tolerável colônia penal, em que todos parecem ocupados com seus afazeres. Não há gritos, não há fogo nem fumaça e, de vez em quando, um visitante do mundo dos vivos – Ulisses, Hércules, Teseu – dá uma passada por lá e conversa com os internos mais ilustres. Além disso, aqui não existe aquela terrível democracia da fornalha, pois cada qual tem seu castigo próprio, individualizado. Sem a monotonia dos outros, esse Inferno até parece bem mais suportável. Para os que estão lá dentro, contudo, ele é muito pior: as Danaides, que assassinaram os maridos, vão carregar para sempre seus cântaros com água, tentando encher um grande tonel que não tem fundo; morro acima, o rei Sísifo vai rolar resignadamente a sua famosa pedra, sabendo que suas forças vão faltar antes de levá-la até o topo; sentado num canto, o triste Ocno vai trançando sua interminável corda com feno, enquanto um jumento insaciável não para de devorar a outra ponta.

Esse verdadeiro pesadelo da desesperança, da repetição inútil e sem sentido, da rotina enfadonha e infrutífera me horroriza muito mais que a espetacular pirotecnia do inferno do fogo e do enxofre, que fica tão longe daqui que nem me parece possível. Este outro, no entanto, está tão próximo de mim que chego a jurar que conheço muitos Sísifos e Danaides que já sofrem seus castigos sem perceber seu inferno. Ficariam aterrorizados se alguém anunciasse que iriam repetir eternamente o que estão fazendo agora, mas mesmo assim continuam, como sonâmbulos, esquecendo que é só neste mundo de cá que ainda se pode escolher.

O anel de Polícrates

Polícrates, o rei da pequena Samos, acabou se tornando senhor dos mares gregos, respeitado nas ilhas e no continente. Por um golpe de sorte após o outro, chegou a ser um dos poderosos monarcas de seu tempo, o que atraiu a amizade e a aliança de reis de outras grandes nações. Tudo o que ele empreendia dava certo; nada saía errado com ele. Não conhecia o fracasso, nem o infortúnio. Essa boa sorte ininterrupta, por tanto tempo, acabou alarmando Amásis, o rei do Egito, um de seus aliados, que lhe escreveu uma carta para adverti-lo: "Fico contente em saber que meu amigo goza de tanto sucesso, mas ter sorte demais é perigoso, pois desperta o ciúme dos deuses. Jamais ouvi de alguém assim como tu que não tivesse acabado muito mal. Por isso, eu te peço: escolhe o teu bem mais precioso e joga-o fora, onde nunca mais possas encontrá-lo; o sofrimento e a tristeza que vais sentir vão trazer equilíbrio à tua vida".

Para atender ao amigo, Polícrates decidiu separar-se do seu magnífico anel de sinete, todo de ouro e esmeraldas. Com toda a pompa, rumou para o alto-mar, num barco com cinquenta remadores, e arrojou o anel na água infinita do oceano, passando a sentir-se realmente infeliz com sua perda. Não era passada uma semana, contudo, e um pescador de Samos capturou um peixe tão soberbo que resolveu presenteá-lo ao rei. Quando os cozinheiros do palácio limpavam o peixe para assá-lo, encontraram o anel em suas entranhas, e foram eufóricos devolvê-lo a Polícrates, que escreveu a Amásis, divertido, contando-lhe o que acontecera e perguntando sua opinião. O egípcio simplesmente enviou-lhe um arauto dizendo que assim se confirmava que é impossível ao homem alterar o que o destino traçou, e que ele, a partir daquele momento, não queria mais aliança com quem estava à beira da desgraça. Algum tempo depois, com efeito, Polícrates foi atraído para uma armadilha por um traidor persa, que o crucificou; até esse dia derradeiro, no entanto, levou uma vida escandalosamente feliz.

Isso foi há muito tempo. Hoje ninguém mais acredita que haja deuses ciumentos, mas os Amásis continuam por aí; mal experimentam o sucesso ou a felicidade, e se tornam temerosos de que sua sorte possa mudar. Alguns, ainda mais murchos, preferem nem ser felizes, para não ter de sofrer depois: não se envolvem numa relação porque ela pode terminar um dia, não têm cachorro ou gato porque eles sempre acabam morrendo.

Não sobem, com medo da queda, e não vão, para não ter de voltar; simplesmente ficam ali onde estão, preservando-se, intocados, como sementes inúteis, que nunca germinarão.

Quem sou eu?

Os gregos acreditavam que os deuses do Olimpo costumavam disfarçar-se de humanos e descer até a terra, sem que ninguém os reconhecesse. Assim Zeus, insaciável conquistador, aproveitou que o marido de Alcmena estava viajando e apresentou-se na casa dela como se o marido fosse, mantendo com ela uma longa noite de amor que durou três dias e que teve como resultado o nascimento de Hércules.

Ulisses, por sua vez, tinha ficado vinte anos fora de casa. Quando voltou à sua amada Ítaca, o palácio estava um pandemônio: julgando-o morto, dezenas de pretendentes tinham ali se alojado, exigindo que a rainha Penélope, pretensamente viúva, escolhesse um deles como seu novo marido. Para proteger o herói, a deusa Atena deu-lhe a aparência e a voz de um velho mendigo, e só com esse disfarce perfeito ele pôde reunir as forças necessárias para pôr ordem de novo na casa e livrar-se dos invasores. Então, de volta à sua aparência normal, ele se apresentou a Penélope, que não o recebeu com a efusão e a alegria que ele imaginava, mas ficou olhando, cautelosa e reservada, para aquele homem que dizia ser seu marido. Talvez lhe viesse à mente a história de Zeus e Alcmena; foram tantos os impostores, nesses longos vinte anos, que agora exigia certeza. Por isso, quando Ulisses lhe disse que esperava voltar a dormir em seu leito nupcial, ela mandou a escrava trazer a cama para o quarto da frente e prepará-la para seu descanso – ao que Ulisses imediatamente reagiu, pois ele próprio tinha construído aquela cama, aproveitando o tronco de uma oliveira que crescia no meio do palácio, e sabia que seria impossível arredá-la. Penélope então pôs os braços ao redor de seu pescoço e começou a chorar docemente. Era ele; seu homem tinha voltado para casa.

Por quantos perigos Ulisses não passou até chegar a esse abraço! No longo caminho de volta, tinha perdido tudo para o mar – ouro, homens, navios – e corria agora o risco supremo de perder também a rainha, o reino e a si mesmo, se não provasse quem era. Penélope não sabia que estava sendo simbólica, mas escolheu como teste a cama, o lugar de honra do palácio desta vida. Ulisses só conseguiu reconquistar sua mão porque ele conhecia este segredo – este e todos os outros que ele e Penélope voltaram a compartilhar em seu reencontro, nesta longa noite que Atena também fez durar três dias.

A MULHER PERFEITA

A história é contada por Plínio, o Velho: mais de três séculos antes de Cristo, o escultor ateniense Praxíteles fez duas estátuas de mármore representando Afrodite, a deusa do Amor e da Beleza – uma vestida, a outra nua. Os cidadãos de Cós, uma ilha ao norte do mar Egeu, julgaram mais apropriado adquirir a imagem vestida da deusa, enquanto os cidadãos de Cnidos, uma colônia grega na Ásia Menor, não se importaram de ficar com a Afrodite desnuda. Ninguém mais lembra da estátua de Cós; a de Cnidos, no entanto, viria a se tornar a escultura mais famosa da Antiguidade, atraindo pessoas de todo o mundo que iam lá conhecê-la. Diziam que o modelo em que Praxíteles se inspirou tinha sido a sua amada Frineia, uma cortesã famosa e cobiçada. Não importa; por muitos séculos, esta Afrodite serviu para definir o padrão da mulher ideal.

Mais ou menos por essa época os habitantes de Crotona, uma das mais prósperas colônias gregas na Itália, resolveram enriquecer o templo de sua cidade com pinturas que atraíssem a atenção. Para executá-las, pagaram uma vasta soma ao famosíssimo Zêuxis, o grande pintor da Grécia, o qual, como parte do contrato, resolveu pintar o retrato imaginário de Helena de Troia, a figura mitológica mais adequada para encarnar o ideal de beleza feminina de todos os tempos. Para isso, pediu aos crotonenses que lhe trouxessem as mais belas jovens da cidade para que ele pudesse captar a imagem viva da beleza e transferi-la para o quadro. Os habitantes de Crotona, por votação, reuniram as mais belas e as colocaram diante de Zêuxis, para que escolhesse; ele então selecionou não uma, mas cinco delas, pois estava convencido de que nunca poderia encontrar todas as partes que compõem a beleza perfeita numa só pessoa, porque a natureza nunca fez uma coisa só que detivesse a perfeição em tudo.

Podemos imaginar o inferno que passou a ser a vida das mulheres de Cnidos, que tinham agora à sua frente, esculpida em mármore eterno, uma figura ideal de beleza que nunca conseguiriam igualar! Comparar-se àquela Afrodite perfeita trazia apenas humilhação e sofrimento – sentimentos que perduram até hoje na mente daquelas infelizes que tentam, em vão, imitar as deusas inatingíveis do mundo tirânico da moda. Enquanto isso, na alegre Crotona, devia reinar a felicidade no coração de todas as mulheres, a quem o sábio Zêuxis tinha ensinado que cada uma delas, sem exceção, contribuía com a sua parcela para esta beleza ideal, pois a generosa natureza nunca esqueceu de ninguém nesta partilha, dando a umas aquilo que falta nas outras.

Cada vez fica mais caro!

Aulo Gélio, nas suas *Noites Áticas*, é quem conta a fantástica história dos livros proféticos da sibila: certa feita, quando Roma ainda estava nascendo, uma velha mulher, estrangeira – talvez grega –, apresentou-se diante do rei Tarquínio Prisco, trazendo nove livros que, segundo ela, reuniam todas as profecias com relação ao futuro da cidade. O preço que ela pedia, 300 moedas de ouro, era tão exorbitante que Tarquínio começou a rir da desconhecida, pensando que a idade tivesse feito algum estrago em seu juízo. A velha então puxou para perto de si um grande braseiro que servia para aquecer o ambiente e ali, sem pestanejar, queimou três dos nove livros. Em seguida, voltou a perguntar se o rei queria comprar os seis restantes, pelas mesmas trezentas moedas. Tarquínio pôs-se a rir ainda mais alto, agora totalmente convencido de que a velha estava caduca. Então, sem se abalar com a zombaria, ela jogou mais três volumes no fogo e, enquanto eles se inflamavam, perguntou, com a mesma calma, se o rei queria comprar os três que sobravam, ainda pelo mesmo preço inicial.

O rei então ficou sério, impressionado com a gravidade que o assunto tinha assumido. Consultando os seus adivinhos, decidiu que não poderia desdenhar uma proposta feita assim com tanta firmeza e insistência, e concordou em dar pelos três a mesma soma fabulosa com que poderia ter comprado todos nove. A mulher então saiu do palácio e nunca mais foi vista. Quando abriram os misteriosos livros, os sacerdotes viram que continham profecias tão valiosas que decidiram que ninguém mais, além deles, deveria vê-los, e colocaram-nos num cofre no templo de Júpiter, onde eram guardados dia e noite. De tempos em tempos, sempre que algo de grave ocorria e o governo não sabia o que fazer, os sacerdotes, autorizados pelo Senado, iam consultar esses volumes, onde sempre acabavam encontrando boas soluções. Quase mil anos depois, já na decadência do Império, o fogo finalmente os destruiu.

Tarquínio fez o que tinha de fazer, mas não merece elogio. Depois de errar duas vezes, aprendeu que não podia regatear o seu futuro e o futuro de Roma, e conseguiu salvar ao menos uma parte do que a velha ofereceu. Todas as oportunidades estavam ali, à sua frente; foi muito fácil decidir, pois, à medida que umas desapareciam, as que ficavam adquiriam um valor ainda maior. E eu? Quantas ainda me restam, daquelas que a vida guardou para me oferecer? Quantas deixei que queimassem? Prefiro nem pensar nisso; agora, cada uma que aparece eu vou tratando como se fosse a última.

Destino de brasileiro

Um filósofo cético grego, que não via muito valor na arte dos oráculos e dos astrólogos, alegava que muitas profecias terminavam se realizando só porque o consulente, impressionado, começava a agir de acordo com o que tinha sido previsto, fazendo coisas que jamais teria feito se elas não lhe tivessem sido anunciadas. Segundo ele, os oráculos mais **influenciavam** do que **previam** a realidade; não era esse o caso do pobre Édipo? Ao nascer, o oráculo vaticinou que ele viria a matar o próprio pai; este, ao saber disso, abandonou o bebê nos montes, para que morresse. O menino, contudo, foi recolhido pelo rei de Corinto e cresceu como se fosse seu filho; quando chegaram a ele rumores do antigo oráculo, o jovem príncipe, sem saber que era adotado, fugiu da cidade às pressas, tentando colocar a maior distância possível entre ele e a suposta família – só para encontrar, longe dali, numa encruzilhada fatal, o verdadeiro pai, ao qual matou numa discussão de trânsito. Ora, se Édipo não tivesse ficado sabendo da sinistra profecia, nada teria acontecido, e ele teria ficado em paz em Corinto, rico e feliz, amando e sendo amado por seus pais adotivos. Foi o oráculo que fez acontecer o que ele mesmo havia previsto...

Hoje reconhecemos que nosso filósofo tinha razão. As expectativas que projetamos sobre outras pessoas ou sobre nós mesmos podem ter uma influência enorme, às vezes decisiva, no que vier a acontecer. O que eu espero (de bom ou de ruim) de meu aluno vai afetar seu desempenho; isso é ainda mais evidente na relação de minha mulher ou de meu filho comigo. Borges, conversando com Sabato, confessou candidamente que se tornou escritor por uma sugestão de seu pai, que lhe disse para ser o escritor que ele não tinha podido ser. "Foi meu pai que disse" – assim resumiu Borges sua bela e trágica carreira. É a força das vozes que rodeiam o berço; como as fadinhas da Bela Adormecida, suas palavras terminam alterando o próprio destino.

Como somos humanos e imperfeitos, não conseguimos nos furtar à força dessas expectativas, mas podemos nos considerar afortunados se ao menos pudermos distinguir para que lado elas apontam, se para o céu ou para o abismo. Se os especuladores dizem que o dólar vai subir, ele sobe, porque os cidadãos começam a comprar com medo que ele suba – e isso é ruim. Se uma voz profunda, e quiçá mentirosa, vive dizendo que o brasileiro é um ser humano especial – digno, hospitaleiro e honesto –, vamos fazer força para que assim seja; isso, apesar de nossas misérias e imperfeições, é muito bom: talvez não retrate o presente, mas pode influir em nosso futuro.

Homens como nós

Tanto os gregos quanto os romanos tinham grande curiosidade em saber quais eram os povos situados ao norte, ao sul, ao oeste e ao leste do Mediterrâneo, que era o centro do mundo conhecido naquela época. Na Grécia, Heródoto – uma espécie de Marco Polo da Antiguidade – viaja pela Europa até o mar Cáspio, peregrina pelo Oriente Médio, visita o Egito e se aventura pelo norte da África, para compor, sob o título enganador de *Histórias*, um relatório de como viviam os não-gregos. Muita coisa ele viu pessoalmente, muita coisa ele conta por ouvir dizer, o que torna sua obra uma genial mistura de fantasia e realidade. Séculos mais tarde, em Roma, Plínio, na sua portentosa *História Natural*, aproveita as informações que leu em Heródoto e acrescenta as de outros viajantes igualmente imaginosos – e o resultado é uma sucessão quase surrealista de povos estranhos e esquisitos. Os Arismáspios, por exemplo, têm apenas um olho plantado bem no meio da testa. Ao norte, num vale profundo coberto de florestas, vive um povo desconhecido que, apesar de ter os pés voltados para o lado oposto ao joelho, corre livremente ao lado dos animais ferozes. Há também os Tíbios, que têm duas pupilas num dos olhos e a imagem de um cavalo no outro; há os Monocolos, dotados de uma só perna, o que não impede que sejam exímios saltadores. Nos confins da Índia, vivem os Ástomos, um povo privado de boca, que se sustenta apenas com o odor dos alimentos; seus vizinhos, cujo nome não foi registrado, são iguais a nós em tudo, exceto pelo embaraçoso fato de que seu sêmen é negro como o ébano. O desfile é interminável.

Hoje só podemos sorrir diante da ingenuidade dessas aberrações inviáveis – ao mesmo tempo em que devíamos nos envergonhar diante do amplo e generoso conceito de humanidade que Plínio e Heródoto defendem: quem tem a aparência humana deve ser, em princípio, um homem. Diante de seres com pés, olhos ou características tão improváveis, ainda assim parecem decididos a fazer valer um lema que a civilização foi esquecendo: na dúvida, escolha o ser humano. Que distância entre eles e os conquistadores espanhóis, que duvidavam que o indígena das Américas fosse algo além de um simples animal! Ou dos defensores da escravidão, para os quais o negro não tinha a mesma alma que os brancos, ou do general Westmoreland, que afirmou, durante a

Guerra do Vietnã, que os orientais não valorizam a vida como nós! Que lição de tolerância eles nos dão, forçando-nos a lembrar que judeus, cristãos ou muçulmanos, budistas ou ateus, chineses, lapões ou argentinos, héteros ou *gays*, cultos ou incultos, acima das diferenças, muito além da diversidade, são filhos da espécie humana.

Mas ela continua

Foi na ilha de Creta, a terra do Minotauro, que o homem voou pela primeira vez. Dédalo, o famoso arquiteto que construiu o labirinto, era prisioneiro do rei Minos, e resolveu fugir daquela ilha, ele e seu filho Ícaro. Cercado pelas ondas, vigiado pelo tirânico rei, Dédalo decidiu disputar com os pássaros os transparentes caminhos do céu. Para isso, aplicou-se numa arte até então desconhecida: o filho juntou nos rochedos as penas que as aves marinhas deixavam cair nos seus ninhos e ele, o grande artesão, foi unindo uma a uma, primeiro com fios de linho, depois com a cera da abelha, até completar dois pares de asas, grandes o bastante para sustentá-los. Antes de alçar voo, no entanto, Dédalo deu a Ícaro o conselho de um homem experiente: "Se desceres demais, a água do mar vai deixar tuas asas pesadas; se subires muito, o calor do sol vai derreter a cera e as penas se soltarão. Mantém-te no meio termo!". Pai e filho, então, com um pequeno impulso, ergueram-se contra o azul do céu, e neste momento – conta-nos Ovídio – foram vistos por um pescador, por um pastor e por um camponês, que pensaram que eles eram verdadeiros deuses que voltavam para o Olimpo. Talvez Ícaro tenha pensado o mesmo, deixando-se empolgar pela sensação de leveza; foi subindo cada vez mais, embriagado pelo prazer de voar, até que o previsto ocorreu: a cera se derreteu e as asas se desfizeram, fazendo-o precipitar-se nas águas profundas do mar.

Quem enxergou esta cena com olhos bem diferentes foi Bruegel, o Velho, o grande pintor flamengo, que nos deu, em 1558, a sua versão desta queda. Os mesmos personagens de Ovídio estão lá, é verdade, mas é outra a sua atitude. Numa ampla paisagem que se abre sobre o mar, vista do alto de um monte, aparece em primeiro plano o camponês, absorto em manejar seu arado. Em seguida aparece o pastor, apoiado em seu cajado, descansando entre as ovelhas; mais abaixo, junto à água, o pescador observa suas linhas. No fundo, num vasto mar verde-claro, povoado de navios, ilhas e cidades longínquas, vemos apenas as pernas de Ícaro, no momento exato em que seu corpo é tragado pelo oceano. Talvez tenham ouvido seu grito, mas não lhe dão importância. Um jovem – coisa inaudita! – acaba de cair do céu, mas o camponês olha o chão, o pastor vira-lhe as costas e o pescador não parece nem um pouco curioso com as penas que se espalham sobre as ondas. Um sol eterno ilumina o horizonte, e um vento favorável enfuna as velas dos navios, que seguem seu caminho nesta imensidão verde-azulada – a lembrar-nos, neste instante, daquelas duas palavras que resumem a única certeza que podemos ter sobre a vida: ela continua.

Sobre o autor

Cláudio Moreno é formado em Letras, com ênfase em Português e Grego. É Mestre em Língua Portuguesa pela UFRGS e Doutor em Letras pela PUCRS. Foi professor do Instituto de Letras da UFRGS e das faculdades de Direito e de Comunicação da PUCRS. É colunista regular do jornal *Zero Hora*, de Porto Alegre, com uma seção sobre mitologia e outra sobre questões de nosso idioma. É o criador e responsável pelo site www.sualingua.com.br, página especializada sobre a Língua Portuguesa. Publicou vários livros sobre redação, sobre gramática e etimologia. Além disso, é autor de *Troia: o romance de uma guerra* (L&PM POCKET, 2004) e do livro de crônicas sobre a Antiguidade, *100 lições para viver melhor*, lançado em 2008 pela L&PM EDITORES, com o qual conquistou o prêmio Açorianos de Literatura 2009.

Coleção **L&PM** POCKET

1201.**Os sertões** – Euclides da Cunha
1202.**Treze à mesa** – Agatha Christie
1203.**Bíblia** – John Riches
1204.**Anjos** – David Albert Jones
1205.**As tirinhas do Guri de Uruguaiana 1** – Jair Kobe
1206.**Entre aspas (vol.1)** – Fernando Eichenberg
1207.**Escrita** – Andrew Robinson
1208.**O spleen de Paris: pequenos poemas em prosa** – Charles Baudelaire
1209.**Satíricon** – Petrônio
1210.**O avarento** – Molière
1211.**Queimando na água, afogando-se na chama** – Bukowski
1212.**Miscelânea septuagenária: contos e poemas** – Bukowski
1213.**Que filosofar é aprender a morrer e outros ensaios** – Montaigne
1214.**Da amizade e outros ensaios** – Montaigne
1215.**O medo à espreita e outras histórias** – H.P. Lovecraft
1216.**A obra de arte na era de sua reprodutibilidade técnica** – Walter Benjamin
1217.**Sobre a liberdade** – John Stuart Mill
1218.**O segredo de Chimneys** – Agatha Christie
1219.**Morte na rua Hickory** – Agatha Christie
1220.**Ulisses (Mangá)** – James Joyce
1221.**Ateísmo** – Julian Baggini
1222.**Os melhores contos de Katherine Mansfield** – Katherine Mansfied
1223(31).**Martin Luther King** – Alain Foix
1224.**Millôr Definitivo: uma antologia de *A Bíblia do Caos*** – Millôr Fernandes
1225.**O Clube das Terças-Feiras e outras histórias** – Agatha Christie
1226.**Por que sou tão sábio** – Nietzsche
1227.**Sobre a mentira** – Platão
1228.**Sobre a leitura** ***seguido do*** **Depoimento de Céleste Albaret** – Proust
1229.**O homem do terno marrom** – Agatha Christie
1230(32).**Jimi Hendrix** – Franck Médioni
1231.**Amor e amizade e outras histórias** – Jane Austen
1232.**Lady Susan, Os Watson e Sanditon** – Jane Austen
1233.**Uma breve história da ciência** – William Bynum
1234.**Macunaíma: o herói sem nenhum caráter** – Mário de Andrade
1235.**A máquina do tempo** – H.G. Wells
1236.**O homem invisível** – H.G. Wells
1237.**Os 36 estratagemas: manual secreto da arte da guerra** – Anônimo
1238.**A mina de ouro e outras histórias** – Agatha Christie
1239.**Pic** – Jack Kerouac
1240.**O habitante da escuridão e outros contos** – H.P. Lovecraft
1241.**O chamado de Cthulhu e outros contos** – H.P. Lovecraft
1242.**O melhor de Meu reino por um cavalo!** – Edição de Ivan Pinheiro Machado
1243.**A guerra dos mundos** – H.G. Wells
1244.**O caso da criada perfeita e outras histórias** – Agatha Christie
1245.**Morte por afogamento e outras histórias** – Agatha Christie
1246.**Assassinato no Comitê Central** – Manuel Vázquez Montalbán
1247.**O papai é pop** – Marcos Piangers
1248.**O papai é pop 2** – Marcos Piangers
1249.**A mamãe é rock** – Ana Cardoso
1250.**Paris boêmia** – Dan Franck
1251.**Paris libertária** – Dan Franck
1252.**Paris ocupada** – Dan Franck
1253.**Uma anedota infame** – Dostoiévski
1254.**O último dia de um condenado** – Victor Hugo
1255.**Nem só de caviar vive o homem** – J.M. Simmel
1256.**Amanhã é outro dia** – J.M. Simmel
1257.**Mulherzinhas** – Louisa May Alcott
1258.**Reforma Protestante** – Peter Marshall
1259.**História econômica global** – Robert C. Allen
1260(33).**Che Guevara** – Alain Foix
1261.**Câncer** – Nicholas James
1262.**Akhenaton** – Agatha Christie
1263.**Aforismos para a sabedoria de vida** – Arthur Schopenhauer
1264.**Uma história do mundo** – David Coimbra
1265.**Ame e não sofra** – Walter Riso
1266.**Desapegue-se!** – Walter Riso
1267.**Os Sousa: Uma famíla do barulho** – Mauricio de Sousa
1268.**Nico Demo: O rei da travessura** – Mauricio de Sousa
1269.**Testemunha de acusação e outras peças** – Agatha Christie
1270(34).**Dostoiévski** – Virgil Tanase
1271.**O melhor de Hagar 8** – Dik Browne
1272.**O melhor de Hagar 9** – Dik Browne
1273.**O melhor de Hagar 10** – Dik e Chris Browne
1274.**Considerações sobre o governo representativo** – John Stuart Mill
1275.**O homem Moisés e a religião monoteísta** – Freud

1276.**Inibição, sintoma e medo** – Freud
1277.**Além do princípio de prazer** – Freud
1278.**O direito de dizer não!** – Walter Riso
1279.**A arte de ser flexível** – Walter Riso
1280.**Casados e descasados** – August Strindberg
1281.**Da Terra à Lua** – Júlio Verne
1282.**Minhas galerias e meus pintores** – Kahnweiler
1283.**A arte do romance** – Virginia Woolf
1284.**Teatro completo v. 1: As aves da noite** ***seguido de*** **O visitante** – Hilda Hilst
1285.**Teatro completo v. 2: O verdugo** ***seguido de*** **A morte do patriarca** – Hilda Hilst
1286.**Teatro completo v. 3: O rato no muro** ***seguido de*** **Auto da barca de Camiri** – Hilda Hilst
1287.**Teatro completo v. 4: A empresa** ***seguido de*** **O novo sistema** – Hilda Hilst
1289.**Fora de mim** – Martha Medeiros
1290.**Divã** – Martha Medeiros
1291.**Sobre a genealogia da moral: um escrito polêmico** – Nietzsche
1292.**A consciência de Zeno** – Italo Svevo
1293.**Células-tronco** – Jonathan Slack
1294.**O fim do ciúme e outros contos** – Proust
1295.**A jangada** – Júlio Verne
1296.**A ilha do dr. Moreau** – H.G. Wells
1297.**Ninho de fidalgos** – Ivan Turguêniev
1298.**Jane Eyre** – Charlotte Brontë
1299.**Sobre gatos** – Bukowski
1300.**Sobre o amor** – Bukowski
1301.**Escrever para não enlouquecer** – Bukowski
1302.**222 receitas** – J. A. Pinheiro Machado
1303.**Reinações de Narizinho** – Monteiro Lobato
1304.**O Saci** – Monteiro Lobato
1305.**Memórias da Emília** – Monteiro Lobato
1306.**O Picapau Amarelo** – Monteiro Lobato
1307.**A reforma da Natureza** – Monteiro Lobato
1308.**Fábulas** ***seguido de*** **Histórias diversas** – Monteiro Lobato
1309.**Aventuras de Hans Staden** – Monteiro Lobato
1310.**Peter Pan** – Monteiro Lobato
1311.**Dom Quixote das crianças** – Monteiro Lobato
1312.**O Minotauro** – Monteiro Lobato
1313.**Um quarto só seu** – Virginia Woolf
1314.**Sonetos** – Shakespeare
1315(35).**Thoreau** – Marie Berthoumieu e Laura El Makki
1316.**Teoria da arte** – Cynthia Freeland
1317.**A arte da prudência** – Baltasar Gracián
1318.**O louco** ***seguido de*** **Areia e espuma** – Khalil Gibran
1319.**O profeta** ***seguido de*** **O jardim do profeta** – Khalil Gibran
1320.**Jesus, o Filho do Homem** – Khalil Gibran
1321.**A luta** – Norman Mailer
1322.**Sobre o sofrimento do mundo e outros ensaios** – Schopenhauer
1323.**Epidemiologia** – Rodolfo Sacacci
1324.**Japão moderno** – Christopher Goto-Jones
1325.**A arte da meditação** – Matthieu Ricard
1326.**O adversário secreto** – Agatha Christie
1327.**Pollyanna** – Eleanor H. Porter
1328.**Espelhos** – Eduardo Galeano
1329.**A Vênus das peles** – Sacher-Masoch
1330.**O 18 de brumário de Luís Bonaparte** – Karl Marx
1331.**Um jogo para os vivos** – Patricia Highsmith
1332.**A tristeza pode esperar** – J.J. Camargo
1333.**Vinte poemas de amor e uma canção desesperada** – Pablo Neruda
1334.**Judaísmo** – Norman Solomon
1335.**Esquizofrenia** – Christopher Frith & Eve Johnstone
1336.**Seis personagens em busca de um autor** – Luigi Pirandello
1337.**A Fazenda dos Animais** – George Orwell
1338.**1984** – George Orwell
1339.**Ubu Rei** – Alfred Jarry
1340.**Sobre bêbados e bebidas** – Bukowski
1341.**Tempestade para os vivos e para os mortos** – Bukowski
1342.**Complicado** – Natsume Ono
1343.**Sobre o livre-arbítrio** – Schopenhauer
1344.**Uma breve história da literatura** – John Sutherland
1345.**Você fica tão sozinho às vezes que até faz sentido** – Bukowski
1346.**Um apartamento em Paris** – Guillaume Musso
1347.**Receitas fáceis e saborosas** – José Antonio Pinheiro Machado
1348.**Por que engordamos** – Gary Taubes
1349.**A fabulosa história do hospital** – Jean-Noël Fabiani
1350.**Voo noturno** *seguido de* **Terra dos homens** – Antoine de Saint-Exupéry
1351.**Doutor Sax** – Jack Kerouac
1352.**O livro do Tao e da virtude** – Lao-Tsé
1353.**Pista negra** – Antonio Manzini
1354.**A chave de vidro** – Dashiell Hammett
1355.**Martin Eden** – Jack London
1356.**Já te disse adeus, e agora, como te esqueço?** – Walter Riso
1357.**A viagem do descobrimento** – Eduardo Bueno
1358.**Náufragos, traficantes e degredados** – Eduardo Bueno
1359.**O retrato do Brasil** – Paulo Prado
1360.**Maravilhosamente imperfeito, escandalosamente feliz** – Walter Riso

IMPRESSÃO:

PALLOTTI
GRÁFICA

Santa Maria - RS | Fone: (55) 3220.4500
www.graficapallotti.com.br